あけましておめでとう

あけましておめでとう

フーベン・フォンセッカ
江口佳子訳

水声社

本書は、武田千香の編集による
〈ブラジル現代文学コレクション〉の
一冊として刊行された。

目次

「過ぎゆく歳月は私たちから一つ、また一つと奪いとっていきます」
――ホラーティウス『書簡詩』〔第二巻第二歌第五十五行、高橋宏幸訳、講談社、二〇一七年、一三二頁〕

皇帝　この時　言葉を　かけて
「汝　何故　海上に　賊を働きしや」と
ディオメデス　答えて　申すに
「われを　何故　海賊　と称ばする　や
カヌーに乗って　海上を　ゆきつ
戻りつ　する　われを　見たるが　ため　か
汝のごとく　われもまた　武装をすれば
汝のごとく　われも　また　帝王になりつるもの　を
いかに言わんや　わが所業は
皆　運命の　為せる仕業ぞ　運命　に
抗することは　いかなこと
ただ諾々と　従うのみ　ぞ
われをば　赦し　たびたまえ
世の諺にも　ある如く
大貧に　大義は宿らず　とかや
この理を　解したまえ」と
――フランソワ・ヴィヨン『遺言』〔八連詩十八―十九節、佐藤輝夫訳、河出書房新社、一九七六年、五二頁〕

1　あけましておめでとう

一流の店がマダムたちに、大みそかの晩のパーティーで着るおそろしく高価な服を売っている様子や、高級食料品店が在庫を売りつくしている様子をテレビで見た。

なぁペレーバ、夜が明けたら、マクンベイロ〔奴隷が伝承したアフリカ起源の精霊信仰を総称してマクンバと呼ぶ。呪術的儀式を行う。マクンベイロはその信者〕の奴らのカシャーサ〔サトウキビから作る蒸留酒〕や死んだ雌鶏、ファロッファ〔farofa. マンジョッカ粉（キャッサバ粉）を油で炒めたもの。肉・魚料理と一緒に食べる〕を手に入れようぜ。

ペレーバは便所に入ると、臭っせぇと言った。

他の所で小便しろよ、水が出ねぇんだよ。

ペレーバは出て来て、階段で小便をした。

おまえ、どこでテレビ盗んだんだよ？　とペレーバが訊いてきた。

盗む？　ふざけんなよ、そんなことするわけねぇだろう、買ったんだよ。領収書がテレビの上にあるだろう。おい、ペレーバ、おまえ、俺がこんな汚ねぇ家のために盗みをする馬鹿とでも思ってんのか？

ああ、腹へったなぁとペレーバが言った。

朝になったら、ババラオ〔マクンバの中でも、ヨルバ族系の神話の神、オルンミラ（Orunmilá）を信仰する司祭〕の供え物で腹を満たそうぜと俺はふざけて言った。

俺はやらねぇよ、とペレーバが言った。クリスピンのこと覚えてるだろ？　ボルヘス・ジ・マデイラ通り〔リオデジャネイロ市の南部にあるホドリゴ・ジ・フレイタス湖沿いの通り〕で、マクンバの野郎に蹴りを入れたら、脚が黒くなってよ、ミゲウ・コート病院〔高額な医療費を払うことのできない貧困層が行く公立病院〕で脚を切断して、まだ治らねぇから病院にいて、杖を突いて歩いているらしいぜ。

ペレーバはいつも迷信深い。俺は違う。中学校を出てるから、読み書きもできるし、ルートの計算もできる。だから、好きなだけマクンバの野郎に蹴りを入れてやる。

マリファナ煙草に火をつけて、テレビドラマを見ていた。くだらなかった。チャンネルを変えて、西部劇にした。それもひどかった。

上流階級のマダムたちはどいつもこいつも新しい洋服を着て、腕を高く上げて、ダンスをしながら、新年を迎える、白人の女たちがどんな風に踊るのか見たことがあるか？　腕を高く上げるのは、脇を見せるためだ。奴らが見せたいのは陰部だけれど、その勇気がないから、脇を見せる。奴らはみんな夫を裏切っている。あいつらの人生なんて、あそこを広げることくらいだ。

そういう女が俺たちのものにならないのは残念だとペレーバが言った。奴はせせら笑い、疲れきって、病人のようにゆっくりと話した。

ペレーバ、お前は歯もないし、斜視で、黒くて、貧乏だ。あのマダムたちがおまえのものになるとでも思うのか？　おい、ペレーバ、せいぜいマスかくぐらいだぜ。目を閉じて、やってみろよ。

俺は金持ちになりたかった、こんな所から抜け出したい！　あんなにたくさんの奴らが金持ちなのに、俺の状態といったらひどすぎる。

ゼキーニャが部屋に入ってきて、ペレーバが自慰しているのを見ると、ペレーバ、なんだそれ、と言った。

やめた、やめた、こんなんじゃできないよ、とペレーバが言った。

なんで便所でマスかかないんだよ、とゼキーニャが言った。

便所は臭いんだよ、とペレーバが言った。

水が出ないんだ。

この辺の女たちじゃだめなのか？　とゼキーニャが訊いた。

ペレーバは、パーティードレスを着て宝石をいっぱい身につけた美人の白人女のことを考えていた。

彼女は裸だったぜ、とペレーバが言った。

おまえら最悪な状態だな、とゼキーニャが言った。

こいつ、イエマンジャ〔マクンバの神々オリシャ（Orixá）の中で、海や水を司る女神〕への供物の残りを食べたがっている、とペレーバが言った。

冗談だよ、と俺が言った。結局、俺とゼキーニャはレブロン〔リオデジャネイロ市南部の高級住宅街〕のスーパーを強盗したけれど、収穫はほとんどなかった。それからしばらくの間、サンパウロの売春街で、俺たちは飲んで、女を食って過ごした。俺らは互いに認め合っていた。

実を言うと、俺の方もうまくいっていないんだ、とゼキーニャが言った。ひでぇ状況だ。警察は本気だ、あいつらがボン・クリオーロにやったことを知っているかい？　頭に十六発もぶち込んだ。ヴェヴェを捕まえて、首根っこをつかんで窒息死させようともした。おお、ミニョッカ！　ミニョッカ！　俺たちはカシーアス〔ドゥーキ・ジ・カシーアス。リオデジャネイロ市の北側に隣接する市、庶民的な地域〕で一緒に育った、奴はド近眼で、ここからその辺でも見えなかった、それにどもりだった。警察は奴を捕まえて、グアンドゥー川〔リオデジャネイロ市の北西部を流れる川。リオ市民の生活用水を供給するが、汚染がひどい〕に投げ捨てた。体はバラバラになった。

もっとひどかったのはトリペだよ。奴らはトリペに火をつけた。まるで揚げた豚の皮だった。警察を甘く見ない方がいい、マクンバの鶏も俺は食べないぜ、とペレーバが言った。

あさってになれば、おまえらにもわかるよ。

何がわかるって？　とゼキーニャが訊いてきた。

ランブレッタがサンパウロから来るのを待っているんだ。

なんだって、おまえランブレッタとうまくやっているのか？　とゼキーニャが言った。

あいつのブツが全部ここにある。

ここに？　おまえ、おかしいんじゃないか？　とゼキーニャ。

俺は笑った。

どんな代物を預かってるんだ？

トンプソン・サブマシンガン一丁、ソードオフ型十二カービン銃一丁、それにマグナムが二丁。

やるじゃないか、とゼキーニャが言った。でも、こんなすげぇものがあるのに、おまえらこんなところでマスかいてるのか。

マクンバの野郎のファロッファを食べるから夜が明けるのを待っているんだよ、とペレーバが言った。奴がテレビでそんな風に話したら、見ている人を笑わせることができるかもしれない。

俺たちは煙草を吸って、カシャーサを一杯ひっかけた。

その代物を見ることができるか？　とゼキーニャが言った。

エレベーターが動いていなかったから、階段を下りて、カンジーニャ婆さんの部屋に行った。ドアをノックした。婆さんがドアを開けた。

今晩は、カンジーニャさん、あの箱を取りに来たんだ。

ランブレッタはもう着いたのかい？　黒人の婆さんが訊いてきた。

着いて、もう上にいるよ、と俺は言った。

婆さんは足を踏ん張りながら、箱を持ってきた。彼女には重すぎた。子供たちよ、気をつけるんだよ、と婆さんが言った。

俺たちは階段を上がり、部屋に戻って、箱を開けた。まず、俺がトンプソンを手に取り、ゼキーニャに持たせてやった。こいつが気に入ったぜ、ダダ、ダダダ、とゼキーニャが言った。

古いけれど失敗しない、と俺は言った。

ゼキーニャはマグナムを手に取り、いいねぇ、いいねぇ、と言った。それから、カービン銃を手に取り、銃尾を肩に乗せながら、警官の胸のすぐ近くからこの銃を突き付けて、一発撃ってやりてぇ、わかるよな、壁に後ろ向きに立たせたら、そいつは壁に貼りつくぜ、と言った。

テーブルに全部置いて、俺たちは眺めた。

少しだけ煙草を吸った。

おまえら、こいつらをいつ使うんだ？　とゼキーニャが言った。

二日だ。ペーニャ〔リオデジャネイロ市北部の商業地区〕の銀行を襲う。ランブレッタが新年最初の襲撃をやりたがっている。

奴は自惚れ屋だからな、とゼキーニャが言った。

自惚れ屋だけれどふさわしいよ。リオはもちろんのこと、サンパウロ、クリチーバ、フロリアーノポリス、ポルトアレグレ、ヴィトリア、ニテロイでもすでに成功している。三十以上の銀行で。

でも、奴はホモだっていうぜ、とゼキーニャが言う。

本当なのか知らないいし、訊く勇気もないよ。俺に女っぽく近づいてきたことなんかないぜ。

じゃあ、おまえ、奴が女といるのを見たことがあるのかよ？　とゼキーニャは言った。

見たことはないね。知らねぇよ、そうかもしれないけど、そんなことどうだっていい。

男はホモじゃ駄目だよ。特にランブレッタのように大物はね、とゼキーニャが言った。

大物なら何だっていいじゃないか、と俺が言った。

そりゃそうだ、とゼキーニャが言った。

俺たちは煙草を吸いながら黙った。ブツが手元にあるのに、俺らは何もしない、とゼキーニャが言った。

でもこのブツはランブレッタのものだ。それに一体どこでこんな時間にそれを使おうというんだ。

ゼキーニャは煙草の煙を吐きながら、歯の間に何かがつまっているふりをした。奴も腹が減っているようだった。

パーティーをやっている金持ちの家に侵入するのはどうだ。女たちは宝石で着飾っている。俺が宝石を持っていくと全部買い取ってくれる人物がいる。金持ちの財布は金でいっぱいだ。その盗品を扱うバイヤーのところで、五千クルゼイロもする指輪や、千五百クルゼイロのネックレスを見たことがあるぜ。そいつはすぐに金に換えてくれる。

煙草がきれた。カシャーサも空になった。雨が降り始めた。

あんたのファロッファが台無しだ、とペレーバが言った。

どの家にする？　なんか考えがあるのか？

ないね、でも金持ちの家なんかそこら中にある。車をどこかで調達してから、探しながら行こうぜ。

ずだ袋にマシンガンと弾を入れた。ペレーバとゼキーニャにそれぞれマグナムを持たせた。俺はカービン銃の口を下に向けて、ベルトに突っ込み、上着をひっかけた。女性用のストッキングとハサミも入れた。行こうぜ、と俺は言った。

オパーラ〔ブラジル国内で初めて生産された乗用車。米国の自動車メーカー、ゼネラル・モーターズのブラジル現地法人が、一九六九年から一九九二年まで生産した。ポルトガル語で宝石オパールを意味する。当時、テレビや雑誌の広告で盛んに宣伝された〕を盗んだ。サンコンハード〔リオデジャネイロ市南部の海岸地区の高級住宅街〕沿いの道を進んだ。たくさんの家を通り過ぎたが、たいした家じゃなかったり、通りに近すぎたり、人が居過ぎたりした。でも、完璧な家を見つけることができた。正面に大きな庭があって、家は奥のほうに孤立していた。カーニバルのうるさい音楽が聞こえてきたけれど、歌声はほとんど聞こえてこなかった。俺たちは顔にストッキングをかぶり、ハサミで目のところに穴を開けた。正面玄関から入った。

奴らは、俺らを見たとき、広間で飲んだり、踊ったりしていた。

強盗だ、と俺が大きな声で叫ぶと、レコードの音が充満した。おまえらがおとなしくすれば、誰もケガはしない。そこにいるあんた、そのうるせぇレコードを消すんだ。

ペレーバとゼキーニャは使用人たちを探しに行った。給仕が三人、料理人が二人いた。

全員伏せろ、と俺が言った。

数えると二十五人いた。全員、黙って静かに伏せるんだ、誰にも見られていないし、何も見ていないように。

家の中に他に誰かいるのか？　と俺は訊いた。

私の母が上の寝室にいます。病人です、と長い赤色のワンピースを着て、上から下まで着飾った女が言った。

女主人に違いない。

子供たちは？

叔父たちとカーボ・フリオ〔リオデジャネイロ市の中心部から東へ車で二時間程度のところにある海岸の美しいリゾート地〕にいます。

ゴンサウヴェス、そのデブと上に上がって、母親を連れてこい。

ゴンサウヴェス？　とペレーバが言った。

おまえのことだ。自分の名前もわからないのか、馬鹿かおまえは。

ペレーバは女を連れて、階段を上がった。

イノセンシオ、こいつらを縛り上げろ。

ゼキーニャは、そこにいた全員をベルトやカーテンの紐、電話線を使って縛りつけた。

奴らを調べた。金は少ししかなかった。クレジット・カードや小切手の束ばかりだった。

時計は金やプラチナ製の高級品だった。女たちがつけていた宝石を引き抜いた。金製品の輝く宝石。すべて袋の中に入れた。

ペレーバが一人で下りてきた。

女たちはどうしたんだ？　と俺は訊いた。

抵抗するから尊重してやった。

俺は上に行った。デブの女は服がズタズタになって、舌をむき出してベッドの上に横たわっていた。死んでいた。どうしてもったいぶったんだ？　すぐにやらせれば良かったのに。ペレーバは抑えきれなかったんだな。襲われた上に、報われなかったわけだ。俺は宝石を奪い取った。老婆は廊下で床に倒れていた。金髪に染められた髪の毛は、丁寧にセットされ、新しい服を着て、皺だらけの顔で新年を迎えようとしていた。どっちにしろ、あの世に近かったわけだ。恐怖で死んだに違いない。ネックレス、ブローチ、指輪を引き抜いた。どうしても取り外せない指輪があった。気持ちが悪かったけれど、老婆の指を唾で濡らした。それでも指輪は外せなかった。頭にきて、老婆の指をかじって指輪を引き抜いた。手に入れたものをすべて一枚の枕カバーの中に入れた。トイレの便器は白い大理石で大きな四角い形をしていた。床も大理石だった。壁は鏡張りで、香水の香りがした。寝室に戻って、デブの女主人を床に落として、シルクのベッドカバーを丁寧に整えた。柔らかで、輝いていた。俺はズボンをおろして、ベッドの上で糞をした。すっきりして、最高だった。ベッドカバーで尻を拭いて、ズボンをはいて、下の階へ下りた。袋の中に枕カバーを入れながら、食おうぜ、と俺は言った。床にいた男たちも女たちも、羊のように全員静かに震えあがっていた。おまえら、動いたらぶっ放すぞ、と言ってさらにびびらせた。

　すると突然、その中の一人が落ち着いた声で、怒らないでください、なんでも持って行ってください、私たちは何もしませんから、と言った。

　俺は男のほうを見た。首に色のついた絹のネッカチーフを巻いていた。

　お好きなように食べたり飲んだりしてください、とその男は言った。

　糞野郎。飲み物も、食べ物も、宝石も、金もみんな、こいつらにとっては屑のようなものなんだ。銀行にもっとあるんだろう。奴らにとって、俺たちは砂糖の瓶の中に入った三匹のハエに過ぎないのかもしれない。

　あんたの名前は?

　マウリシオです、と男は言った。

　マウリシオさんよ、あんた、ちょっと立ち上がってくれませんか?

　男は立ち上がった。腕をほどいてやった。

ありがとう、と言った。あなたは教養があって、きちんとしている方ですね。あなた方がここを出て行っても、私たちは警察に通報することはしません。男は、床でおびえて静かにしている他の奴らのほうを向いて、みんな落ち着くんだ、あほな野郎どもに話をつけているから、と言っているように両手を開く仕草をした。

イノセンシオ、もう食べ終わったか？　そこにある七面鳥の脚を俺に持ってきてくれ。テーブルの上には刑務所の全員が食べるのに十分な量の食べ物があった。七面鳥の脚を食った。カービン銃を手に取り、二連の銃身を担いだ。

マウリシオさんよ、壁の近くに来ていただけませんか。

男は壁にもたれかかった。

もたれかかるんじゃない、一、二メートほど離れるんだ。もう少しこっちだ。ありがとう。

そいつの胸の真ん中に一発撃った。二連の銃身を空にして、爆音を立てた。その衝撃が男を壁に吹っ飛ばした。男はゆっくりと倒れながら、床に座り込んだ。胸にはパネトーネ〔クリスマスの時期に食べる丸型のドライフルーツ入りの甘いパン〕が入るくらいの穴が開いていた。

見たか、奴は壁にくっつかなかったぞ、すげぇ、まったくくっつかなかったぜ。

木かドアじゃないとだめだね、壁じゃうまくいかない、とゼキーニャが言った。

床に伏せていた者たちは目を閉じて、まったく動かなかった。ペレーバのゲップ以外は何も聞こえてこなかった。

そこのあんた、立てよ、とゼキーニャが言った。

ゼキーニャは、痩せて長髪の男を選んだ。

とても小さな声で、お願いです、と男は言った。

壁のほうを向きな、とゼキーニャは言った。

俺はカービン銃の二連の銃身を担いだ。おまえが撃てよ、引き金を引いたあとの感触で肩が痛いんだ。銃身をしっかり持たないと、おまえの腕の骨をやっちまうぞ。

あいつがどんな風に壁に貼りつくか、見ていろ。ゼキーニャは引き金を引いた。男の足は床から離れて、吹っ飛んだ。見事だった。男が後ろに跳びはねたかのようだった。爆音とともに、ドアにぶつかり、そこに貼り付いた。わずかな時間だったが、男の体は鉛の弾丸を受けて木製のドアに貼りついた。

だから言っただろう、と俺は言った。ゼキーニャは痛めた肩をさすった。この銃はただものじゃない。この中で、良さそうな女を食わないか？　とペレーバが訊いてきた。

俺はいいや、この女どもに吐き気がする。こいつらには糞をするほうがいい。俺は気に入った女しか食いたくないね。

イノセンシオ、お前は？

あのモレニーニャ〔小麦色の肌の女の子〕を食おうかな。

女は抵抗した。しかし、ゼキーニャが頭を数発殴ったから、女は抵抗するのをやめて大人しくなった。ソファーで犯されている間、目を見開いて天井を見ていた。

そろそろ行こうぜ、と俺が言った。食べ物や高級品と一緒に、タオルや枕カバーも入れた。

みなさん、ご協力ありがとう、と俺は言った。誰も返事をしなかった。

家を出て、オパーラに乗り込み、立ち去った。

ボタフォゴ海岸の人気のない通りに車を捨てて来い、と俺はペレーバに言った。タクシーを拾って戻るんだ。俺とゼキーニャは車から降りた。

この建物は本当にひでぇな、とゼキーニャが言った。俺たちは戦利品を持って、汚れてボロボロな階段を上がった。

ひどい所だけれど、南地区の海岸近くだぞ、おまえは俺にニロポリス〔リオデジャネイロ市の北側にある市。優勝回数が多く、伝統的なサンバ・チーム、ベイジャ・フロールの本拠地〕にでも住んでほしいのか？

部屋に入った。疲れていた。箱の中に銃を戻し、袋に宝石やお金を入れて、黒人の婆さんの部屋に持って行った。

袋の中を見せながら、カンジーニャさん、熱々ですよ、と俺は言った。

子供たち、あとは任せな、ここに警察は来ない。

部屋に戻った。床に一枚のタオルを敷いて、その上に酒や食べ物を置いた。ゼキーニャが食べたがったけれど、俺は許さなかった。ペレーバを待とう。

ペレーバが戻ってくると、俺たちはグラスに酒を注いだ。次の年は良い年になるように、と俺は言った。あけましておめでとう。

2　孤独な心

俺は大衆紙の事件記者として働いていた。けれどもずいぶん前から街では、上流階級の金持ちの若い美女を巻き込むような面白い犯罪や、死者、失踪、汚職、虚偽、性、野望、金、暴力、スキャンダルといった事件は起きていなかった。

ローマ、パリ、ニューヨークでもそういう類の犯罪はこのところないね、壊滅的だ。だが、こういう状況はすぐに変わるはずだ。物事っていうのは周期的なもので、俺たちが期待してないときに、スキャンダルのようなものが勃発して、一年くらい話題を提供してくれる。今のところ最悪な状況だが待つしかない、と大衆紙の編集者は言っていた。

しかし、事件が起きる前に俺は解雇された。小売業者が共同経営者を殺害したり、小さな強盗グループが小売業者を殺害したり、警察が小さな強盗グループを殺害したりするくらいだった。小さな事件ばかりだ、と俺は『女性』という新聞のオーナー兼編集長のオズワウド・ペッサーニャに言った。

ペッサーニャは、髄膜炎、住血吸虫症、シャーガス病の話題ならあるぞ、と言った。

でも、自分の分野ではない、と俺は言った。

うちの新聞『女性』を読んだことはあるのか、とペッサーニャが訊いてきた。俺は読んだことがないことを認め、本を読むほうが好きだ、と言った。

ペッサーニャは引出しから葉巻の箱を取り出して、俺に一本くれた。俺たちは葉巻に火をつけた。少しすると、周りが息苦しくなった。葉巻は粗悪品だったし、夏なのに窓は閉め切られていて、その上、エアコンはほとんど機能していなかった。

『女性』は、ダイエットをするような有産階級の女性向けのカラー刷りの出版物ではない。フェイジョンとご飯〔フェイジョン（feijão. インゲン豆）の煮豆とご飯はブラジルの日常食〕を食べ、ゆくゆくは太る運命のCクラスの女性向けの新聞だ。見てみろよ。

ペッサーニャは新聞を一紙、俺の前に投げつけた。タブロイド版で、青色の題字にピンボケの写真が数枚。写真小説〔fotonovela. 写真で物語の展開が綴られる。それぞれの写真に、状況の説明書きや、登場人物のセリフの入った吹き出しがある。一九四〇年代にイタリアで出現し、ブラジルでは一九五〇―七〇年代に大衆紙や雑誌に掲載された〕、星占い、テレビ俳優のインタビュー、洋服の型紙。

センチメンタルな相談室「女性から女性へ」の欄を担当できるかな？　担当者が辞めてしまってね。

「女性から女性へ」の欄にはエリーザ・ガブリエラという名前が署名されていた。**親愛なるエリーザ・ガブリエラ様へ、夫が毎晩酔っぱらって帰宅して、その後……。**

できると思います、と俺は言った。

いいね。じゃあ今日から始めてくれ。君はどんな名前を使いたいかい？

少し考えた。

ナタナエウ・レッサ。

ナタナエウ・レッサ？　とペッサーニャは俺が何か下品な名前、あるいは、彼の母親を侮辱するような名前を言ったかのような、驚きと衝撃を見せながら言った。

その名前に何か意味があるのかい？　ありきたりな名前だな。俺は名前について二つ重視する。

ペッサーニャは苛立ちながら、葉巻の煙を吐き出した。

一つ目に、ありきたりな名前でないこと。二つ目に、Cクラスの名前ではないこと。ここではCクラスの女性を喜ばせる名前だけを使うようにしている。もう一つ、新聞は俺が必要とする人だけに敬意を表する、俺はナタナエウ・レッサなんて聞いたことがない、それに、――ペッサーニャは苛立ちから何かを学んでいるかのように、怒りを増大させた――ここでは誰も、俺でさえも、男の筆名を使っていない。俺の名前はマリア・ジ・ロルジスだ！

俺は別刷り版も含めて、新聞にもう一度目を通した。女性の名前しかなかった。

男性の名前のほうが、回答に信頼性を与えると思いませんか。女性に助言をするのは父親、夫、医者、聖職者、経営者といった男性だけです。ナタナエウ・レッサという名前はエリーザ・ガブリエラよりもウケがいいと思います。

俺が望まないのはそれなんだ。彼女たちに自信を持ってほしい、俺たち全員が彼女たちの代母であるかのように俺たちを信じて欲しいんだ。俺はこの仕事を二十五年間している。理論もないし、証明できるわけでもない。しかし、『女性』はブラジル出版業界に革命を起こしている。前日のテレビの古いニュースを掲載するような新聞とは違うのだ。

彼があまりに怒っていたので、『女性』が目指すものについて俺は質問しなかった。早晩、彼の方から言ってくるだろう。俺はとにかく職を得たかった。

私のいとこのマシャード・フィゲレードはもう二十五年間ブラジル銀行で働いていますが、証明されていない理論をいつも受け入れると言っています。俺は『女性』が銀行から借金をしていることを知っていた。ペッサーニャの机の上には、いとこからの推薦状があった。

いとこの名前を聞くとペッサーニャの顔色は青くなった。落ち着こうと、葉巻をかじり、その後、口笛を吹くかのように口を閉じた。彼の分厚い唇は、舌に一粒の胡椒を乗せているかのように震えていた。そして、すぐに口を開いて歯をむきだすと、ニコチンで汚れた歯を親指の爪で叩いた。そして、さも重要なことを考えているかのように俺を見ていた。

名前にドトールをつけても良いかもしれません。ドトール・ナタナエウ・レッサ。

ちくしょう！　まあ、いいだろう、とペッサーニャは歯間でぶつぶつ言った。今日から始めたまえ。

こういう経緯で俺はチーム『女性』に加わることになった。

俺のデスクは星占いを担当していたサンドラ・マリーナのデスクの近くであった。サンドラはインタビュー欄も担当していてマルレーニ・カチアという名前でもあった。長く薄い顎鬚をした血色の悪い若者で、ジョアン・アウベルガリーア・ドゥヴァウとしても知られていた。彼はコミュニケーションの専門学校を卒業したばかりで、俺はなぜ歯学を勉強しなかったんだろう、なぜだ？　と不平ばかりこぼしていた。

誰かが俺のデスクに読者からの手紙を持ってきてくれるのかい、と彼に訊いた。すると、ジャックリーニと話すように、と言った。ジャックリーニは別刷り版を担当していて、歯が真っ白な大柄なクリオーロ（黒人）だった。

ここで自分だけ女性の名前を使わなければ、噂になって、俺のことをおかまだと考えるだろうな。手紙はどこにあるんだい？　手紙なんか一枚もないよ。Cクラスの女性が手紙を書くとでも思うかい？　エリーザはすべてでっちあげていたのだ。

親愛なるドトール・ナタナエウ・レッサ様へ。私は十歳の娘を南地区の名門校に通わせるための奨学金を得ました。彼女の学友たちはみな、一週間に一度は美容室へ行きます。でも私たちにはそんなお金はありません。夫はジャカレ地区からカジュ地区間〔ジャカレ地区、カジュ地区は共にリオデジャネイロ市北部の庶民的地域〕のバスの運転手で、私たちの娘、タニア・サンドラを美容室に行かせるために残業をすると言っています。子供たちはあらゆる犠牲に値すると思いませんか？

献身的な母親より。ヴィラ・ケネディーにて。

（返信）お嬢さんの髪の毛をココナッツ石鹸で洗って、カール・ペーパーで髪の毛を巻いたらどうでしょう。そうすれば、美容室へ行くのと同じようになります。とにかく、あなたのお嬢さんは人形になるために生まれたわけではありません。普通の女の子です。臨時収入を得たら、もっと別の必要なものにお金を使うのです。例えば食料品を。

親愛なるドトール・ナタナエウ・レッサ様へ。わたしは背が低く太り気味で臆病です。市場や食料雑貨店、商店街へ行くといつも、店員は私の後ろで、重さやおつりを騙し、虫に食われたフェイジョン、カビの生えたトウモロコシ粉を渡します、いつもこんな風です。私はつらい思いをしてきましたが、もう諦めています。神様は彼らのことをちゃんと見ていて、最後の審判で彼らは報いを受けるでしょう。諦めきっている主婦より。ペーニャにて。

（返信）神様は誰のことも見ていません。あなた自身で守らなければならないのです。叫び、厳しく糾弾し、スキャンダルを起こすことが必要です。警察に親戚はいませんか？強盗グループでもいいでしょう。太り気味さん、やり返してやるのです。

親愛なるドトール・ナタナエウ・レッサ様へ。私は二十五歳でタイピストの仕事をしており、処女です。私のことをとても愛していると言ってくれた若者と出会いました。彼は交通省で働いていて、私と結婚したいから、まずはセックスしてみようと言っています。あなたはどう思われますか。夢中な処女より。パラーダ・ジ・ルーカスにて。

(返信) 夢中な処女さん、いいですか。もしその体験が良いと思わなかったら、どうするつもりなの、とその若者に訊いてみなさい。彼があなたを捨てると言ったら、彼に身を任せなさい。彼は正直な男です。試行されたからといって、あなたはスグリの実になるというわけでも、ナスの煮込み料理になるというわけでもありません。誠実な男性なんてわずかです。試してみなさい。神のご加護を信じて、前に踏み出すのです。

昼食をとりに外出した。

戻ってくると、ペッサーニャに呼ばれた。俺が書いたものを手に持っていた。

ここに書いてあるすべてが気に入らない、と彼は言った。

どういうことですか、と俺は訊いた。

ああ！ まったく！ Cクラスに対する考えのことだよ、とペッサーニャは、天井に目を向け、口笛を吹くように口をすぼめ、考え込んでいるように首を振りながら叫んだ。卑猥な言葉や無礼な言葉を使うのはAクラスの女性だ。あのイギリス人伯爵が女性との関係に成功した秘訣は、レディーを娼婦のように扱い、娼婦をレディーのように扱ったからだと言ったのを思い出すんだ。

わかりました。じゃあ、我々の女性読者をどのように扱えばいいのでしょうか？

簡単に納得するな。読者を娼婦のように扱って欲しくはない。そのイギリス人伯爵のことは忘れるんだ。手紙には喜びを感じ、希望が持て、心穏やかになれ、自信がわくことを書くんだ、そういうことを書いて欲しいんだ。

親愛なるドトール・ナタナエウ・レッサ様へ。夫が死にましたが、私にわずかな年金しか残してくれませんでした。心配なのは五十五歳で一人ぼっちになったことです。貧しく醜い老女で、街から離れたところに住んでいるので、これからのことに不安を感じています。サンタ・クルスの孤独な女より。

（返信）サンタ・クルスの孤独なあなた、悩みはとても深刻ですね、お金も、美しさも、若さもなく、辺鄙なところに住んでいるのでは幸せなど期待できないでしょう。でも、若くてお金と美貌があっても、自殺をしたり、悪癖の恐怖のうちに命を落としたりする女性も大勢います。幸せは私たちの中にあるのです、私たちの心の中に。私たちが正しく、善良であれば、幸せを見つけることができます。正直であり、徳があり、自分を愛するように隣人を愛するのです、そして、社会保障機構に年金を受け取りに行くときには、会計担当者に微笑むのです。

翌日、ペッサーニャは俺を呼び、写真小説も書くかと訊ねてきた。俺たちの新聞では独自に写真小説を制作している、イタリア版写真小説の翻訳ではない。さあ名前を考えるんだ。

クラリッセ・シモーニという名前にした。他にも二つ候補があったが、そのことはペッサーニャに言わなかった。

写真小説のカメラマンが俺のところに話しに来た。

俺の名前はモニカ・ツッチーだ、と彼は言った。でも、アグナウドと呼んでもいい。おまんまはできているのかい？

おまんまとは小説のことだった。今、ペッサーニャから引き受けたばかりだから、書くのに少なくとも二日は必要だ、と彼に伝えた。

二日？　ハハハと彼は、飼い慣らされた大きな犬が、主人に向かってしわがれ声で吠えるような声を立てて笑った。

何が面白いんだ？　と俺は訊いた。

ノルマ・ヴィルジニアは十五分以内で小説を書いた。彼には独特なスタイルがあったよ。俺にも俺のスタイルがある。一度デスクに戻って、十五分以内にもう一度ここに来てくれ、君に渡す小説はできあがっている。

このアホなカメラマンは俺のことをなんだと思っているんだ？　事件記者だったからといって、能無しなんかじゃないんだぞ。ノルマ・ヴィルジニア、どんな名前でもいいけれど、そいつが十五分以内で小説を書いていたというのであれば、俺も書いてやろうじゃないか。ギリシャ悲劇、イプセン、オ・ニール、ベケット、チェーホフ、シェイクスピアの全作品、それにベスト・テレビ演劇四百選を読んでいる。こういう作品の中からアイディアを少しずつつまめば出来上がりだ。

ある裕福な少年がジプシーに誘拐され、死んだと思われていた。少年も、自分は正真正銘のジプシーだと信じて成長する。ある日、彼は裕福な少女と出会い、恋に落ちる。彼女は豪邸に住み、車を何十台も所有していた。一方、ジプシーの少年はオンボロ車の中で暮らしていた。二人の家族は、二人が結婚することに反対し、対立が生じた。億万長者側は、ジプシーの家族を捕まえるように、警察に要請した。ジプシーの一人が警察により殺された。今度は、少女の親戚の裕福ないとこがジプシーによって殺害された。しかし、惹かれ合う若い二人の愛は、それを阻む障壁を乗り越えていた。彼らは、家族との関係を絶ち、逃げることにした。逃亡の途中で、二人は博学で慈悲深い修道士に出会った。その修道士は、花咲き乱れる森の中の美しく古いロマンチックな修道院で、二人の結婚を祝福した。そして、若い二人は初夜の部屋へと退いた。二人とも青い目をした金髪で、上品で美しかった。服を脱いだ。あ！　あなたの胸にある、そのメダルのついた金の鎖は何なの？彼女は言った。彼女も同じものをつけていたのだ！　彼らは兄妹だったのだ！　あなたはいなくなってしまった私の兄だったのね！　と叫んだ。二人は抱きあった（モニカ・ツッチー、どう思う？　曖昧な結末というのは。二人の顔に兄妹愛ではないエクスタシーが表現されるというのでは？　最後の部分をもう少し洗練したものに替えることもできる。例えば、二人は性関係を結んだあとで、兄妹であることに気づき、ショックを受けた少女が、修道院の窓から身を投げて砕け散るとか）。

あんたの物語、気に入ったよ、とモニカ・ツッチーが言った。

一つまみのロミオとジュリエットに、スプーン一杯のオイディプス王だ、と俺は謙虚に言った。

あんたさ、でも、この話だと写真が撮れないよ。俺は二時間以内ですべてを撮影しなくてはならないんだ。どこに豪邸があるんだ？　車は？　それに美しい修道院や花の咲き乱れる森はどうすればいいんだ？

それはきみの仕事じゃないかな？

どこで見つけられるんだ？　俺が言ったことを聞いていないかのようにモニカ・ツッチーは続けた。目の青い上品な金髪の若い男女？　俺たちの俳優はほぼ全員ムラートだ。どこでオンボロ車を探してくればいいんだ？　あんたよ、別のものを書いてくれないかい？十五分後に戻ってくる。ソフォクレス風というのは一体なんなんだ？

ホベルトとベティは婚約中で結婚の予定であった。ホベルトは働き者で、アパートを買い、そこに、カラーテレビ、オーディオ機器、冷蔵庫、洗濯機、フローリング用ワックス器、ミキサー、泡立て器、食洗機、トースター、アイロン、ドライヤーを揃えようと考えていた。ベティも働いた。二人は純潔であった。結婚式の日取りも決まっていた。ホベルトの友人チアゴが、彼に童貞のまま結婚するのかと訊いた。セックスの神秘について手ほどきを受ける必要があると言い、チアゴはホベルトを高級娼館ベータトロンへ連れて行った（いいかい、モニカ・ツッチー、この名前はサイエンス・フィクションから少し拝借したんだ）。ホベルトがそこに着くと、高級娼婦とは彼の婚約者ベティのことだった。ああ、なんてことだ、恐ろしい！　誰か、そう、おそらくアパートの守衛あたりが、成長することは苦しむことだ！　とでも言うだろう。終わり。

一つの言葉が何千枚もの写真に相当する、俺はいつも辛い役回りだ。すぐに戻るとモニカ・ツッチーは言った

親愛なるドトール・ナタナエウ様へ。私は料理が好きです。刺繍やレース編みも好きです。それに、ダンス・パーティー用の長いドレスを着て、深紅の口紅を唇につけ、頬紅を入れ、目にマスカラを塗るのが好きです。ああ、なんて興奮するの！　自分の部屋に閉じこもっていなくてはならないなんて、なんて可哀想なの？　私がこういうことをするのが好きなんて誰も知らない。私は間違っているかしら？　ペドロ・ヘッジグラヴィより。チジュッカにて。

（返信）どうして間違っているなどと？　あなたはそのことで誰かに被害を与えているのですか？　過去にもあなたのように、女装が好きな相談者がいましたが、彼は普通に生活をして、社会でも生産者として貢献し、ついには模範的な労働者になりました。ロングドレスを着て、真っ赤な唇をつけることは、あなたの人生を彩ります。

手紙はすべて女性からのものでなくてはならない、とペッサーニャが忠告してきた。

でも、この手紙は本物ですよ、と俺は言った。

信じられないね。

俺はペッサーニャに手紙を渡した。彼は警察が胡散臭いメモ書きを調べているかのような顔をしながら見ていた。

きみはこの手紙がふざけていると思うかい、とペッサーニャが訊ねた。

そうかもしれないし、そうでないかもしれません、と俺は答えた。

ペッサーニャは考え込むような表情をした。いつでも手紙を書くようにというような元気づける言葉をきみの手紙に付け加えるんだ、と言った。

俺はタイプライターの前に座った。

ペドロさん、これがあなたの本名でないことはわかっていますが、そんなことは問題ではないので、私を信頼して、いつでも手紙を書いてください。ナタナエウ・レッサより。

くそっ、お前さんのドラマを撮影に行ったら、奴らにイタリア映画のパクリだと言われた。

ろくでなし、涎だらけの奴らめ、俺が事件記者だったからと言って、俺のことを剽窃者呼ばわりする。

落ち着けよ、ヴィルジニア。

ヴィルジニア？　クラリッセ・シモーニだ、と俺は言った。イタリア人の花嫁は娼婦ばかりだと考えるのは間違っている。いいかい、真面目な花嫁の中にイタリア人もいたし、純潔な修道女もいた、もちろん、娼婦もいたけれど。

わかったよ、その物語を撮影するよ。ベータトロンはムラータでもいいかい？　でも、一体なんなんだい、ベータトロンって。

赤毛でそばかすのある女性じゃないと駄目だ。ベータトロンとは電子発電装置のことだ、磁石の作用で、熱量と速度が付加されると、加速して電子を生成すると俺は説明した。

へぇー、それが娼婦の名前なんだ、とモニカ・ツッチーは驚きながら退散した。

思いやりのあるナタナエウ・レッサ様へ。このところ、私はロングドレスを堂々と着用しています。私の唇は虎の血や、暁のような赤色をしています。私はシルクのドレスを着て、市立劇場へ出かけようと考えています。どう思いますか。私はもっと大きな、素晴らしい秘密をあなたに話したいと考えています。でも、あなたに私の告白を誰にも漏らしてほしくないのです。誓ってもらえますか？　ああ、言おうか、言うまいか。私は人生を通して、他人を信じたことで幻滅して苦しんできましたが、純真さを失わずに生きてきました。裏切り行為、愚かな言動、厚顔無恥、卑劣な行為にショックを受けてきました。ああ、愛と善行しかないユートピア世界で孤独に暮らせたら、どんなに良いでしょうか。私の優しいナタナエウ様、少し考えさせてください。少し時間をください。次の手紙でもっとお話しします、おそらくすべてのことを。ペドロ・ヘッジグラヴィより。

（返信）ペドロさんへ。あなたの秘密が書かれた手紙を待っています。私の見えない意識の神聖なる深奥にとどめることを約束します。今のままでいいのです、精神の貧しい人たちの妬みや狡猾な裏切りに誇り高く立ち向かいなさい。快楽を渇望するあなたの身体を飾り、あなたの勇敢な心の挑戦を実行するのです。

ペッサーニャが訊いてきた。

これらの手紙も本物なのかい？

ペドロ・ヘッジグラヴィからの手紙は本物です。

変だな、どうも変だな、とペッサーニャが歯を指で叩きながら言った。きみはどう思うかい？

何とも思いませんよ、と俺は言った。

彼は何かを心配しているように見えた。写真小説について質問をしてきたが、返事に対して何の関心も示さなかった。

盲目の女性に対する返事はこんな感じでどうでしょうか？　と俺は訊ねた。

ペッサーニャは盲目の女性からの手紙と俺の返事を手に取り、大きな声で読んだ。親愛なるナタナエウ様へ。私はあなたが書いた手紙を読むことができません。愛する私の祖母が私のために読んでくれるのです。でも私が文盲だと思わないでください、私は盲目なだけです。私の愛する祖母が私のために手紙を書いてくれるのです。でも言葉は私の言葉ですから、あなたの読者に励ましの言葉を贈りたいです。誰もが小さな不幸で苦しんでいるのですから、私の鏡を見て欲しいです。私は盲目ですが、幸せです。神や境遇の似た人たちとともに穏やかです。すべての人に幸福を。ブラジル、ブラジル国民よ、万歳。幸せな盲人より。ノーヴァ・イグアス、ウニコルニオ通りにて。追伸。書き忘れましたが、私は半身不随でもあるのです。

ペッサーニャは葉巻に火をつけた。感動させるけれど、ウニコルニオ通りというのはなんだか嘘っぽいな。カタヴェント通りとかそんな感じの名前にした方がいいよ。返事の方を読んでみようじゃないか。幸せな盲人さんへ。あなたの精神力を祝福します、幸福、公益、国民、ブラジルへの揺るぎない信念に。逆境であきらめきっている心にとり、あなたが打ち立てた精神は模範であり、まさに暴風雨の夜に灯る光明です。そこから勇気を得るべきです。

ペッサーニャは手紙を俺に戻した。きみは将来文学で食べていかれる。ここにあるのは偉大な学派だ。学べ、学べ、専心せよ、気力を失わずに、きみのシャツを汗で濡らすんだ。テージオ、銀行員、リンス・ジ・ヴァスコンセーロス地区、ボカ・ド・マット通りの住民、フレデリカとは再婚、最初の結婚のときに一人息子のイポリットをもうけた。フレデリカがイポリットに恋心を抱く。テージオが二人の禁断の愛に気づく。イポリットが父親に許しを請うが、追い出され、絶望して、危険な街をさまよい、最後に、ブラジル通りで車に轢かれて死ぬ。

ここではどんな調味料を使っているんだい？　とモニカ・ツッチーが訊いてきた。エウリピデス、罪、死。いいかい、俺は人間の精神というものに精通している。名案を思いつくのに、古いギリシャ悲劇なんて必要ではない。俺の知性と感性があれば、あとは、周りを少し見渡すだけだ。俺の目を良く見るんだ。俺ほど注意深く、目が冴えた人物を見たことがあるかい？

モニカ・ツッチーは俺の目をじっと見て、俺はお前さんを変人だと思うなと言った。

俺は続けた。俺の知識をひけらかすためだけに古典を引用する。事件記者だったから、そうでもしないと、間抜けな野郎どもが俺に敬意を払わない。すでに何千冊もの本を読んだ。ペッサーニャがいったい何冊の本を読んだと思うかい？

一冊も。それで、フレデリカは黒人女でいいかい？

良いアイディアだ。でもテージオとイポリットは白人でないと駄目だ。

ナタナエウ様へ。私は禁じられた愛、禁断の愛、秘密の愛、隠れた愛が好きです。私はある男性を愛しています。彼もまた私を愛しています。でも私たちは、他の人たちのように、手をつないで街を歩くことはできません、他の人たちのように、庭園や映画館でキスを交わしたり、他の人たちのように、海岸の砂浜で抱き合って寝そべったり、他の人たちのように、クラブで踊ったりできないのです。他の人たちのように結婚することもできません、他の人たちのように、老いや病、死に共に立ち向かうこともできないのです。私には抵抗する力も闘う力もありません。死んだ方がいいのです。さようなら。これが私の最後の手紙です。私のために祈ってください。ペドロ・ヘッジグラヴィより。

（返信）ペドロさん、どういうことでしょうか。すぐに、止めてください。あなたは愛する人に出会ったのですよね？　オスカー・ワイルドもとても苦しみました、激しく非難され、バカにされ、侮辱され、起訴され、有罪判決さえ受けました。それでも、苦境に耐えました。結婚できないというのであれば、内縁関係を結べば良いではありませんか。それぞれが遺書を作成して下さい。自己弁護するのです。あなたがたが有利になるように法律や制度を利用するのです。他の人と同様に、エゴイストで、本心を隠し、容赦なく、不寛容で、偽善者になりなさい。濫用し、横領するのです。それは正当防衛です。だから、お願いです。分別を失わないでください。

ペッサーニャに手紙と返事を渡しに行った。手紙は彼のチェックを受けないと掲載できなかった。

モニカ・ツッチーが小娘を連れてきた。

こちらがモニカだ、とモニカ・ツッチーが言った。

なんて偶然なんだ？　と俺が言った。

いったい何が偶然なの？　小娘のモニカが訊いてきた

きみたち二人が同じ名前だからさ、と俺が言った。

彼もモニカという名前なの？　とカメラマンを指しながら言った。

モニカ・ツッチー。きみの苗字もツッチー？

違うわ。モニカ・アメリアよ。

モニカ・アメリアは爪を噛みながら、モニカ・ツッチーを眺めていた。

あなた、私にあなたの名前はアグナウドだと言ったわよね、と彼女が言った。

外ではアグナウドだけど、この中では俺はモニカ・ツッチーさ。

俺の名前はクラリッセ・シモーニだ、と俺は言った。

モニカ・アメリアは、何の事だかさっぱりわからないように、俺たちをしげしげと眺めた。用心深く見ていたが、悪ふざけに疲れ切って、名前のことなんかどうでも良いようであった。

結婚したら、俺は息子や娘にネェ・プシゥーと名付けるね、と俺が言った。

中国人の名前？　とモニカが訊いた。

それか、フィウ・フィウだな、と俺は口笛を吹いた。

お前さん、今度はニヒリストに変わったなと言いながら、もう一人のモニカを連れて出ていった。

ナタナエウ様へ。二人がどんなに愛し合っているかわかりますか？　私とマリアがです。

二人がどんなに完全に波長が合うかわかりますか？　私の好きな料理はご飯、フェイジョン、ミナス風ケール、ファロッファに焼いたソーセージ。マリアの好きな料理は何だと思いますか。ご飯、フェイジョン、ミナス風ケール、ファロッファに焼いたソーセージなんです。私のお気に入りの宝石はルビーです。マリアの好きな宝石も、もちろんルビー。ラッキーナンバーは7、色は青、曜日は月曜日、映画は西部劇、好きな本は『星の王子様』、飲み物は生ビール、ベッドマットレスはアナトン社のもの、サッカーチームはヴァスコ・ダ・ガマ、音楽はサンバ、趣味は恋愛、私と彼女はすべて同じなんです、なんて素敵なの。ベッドで私たちが何をすると思いますか、自慢するわけではないのですが、もし、それがサーカスだったとしたら、私たちは入場料をとって、大金持ちになれるでしょう。どんなカップルだって、こんなに煌めく熱愛を感じることはないでしょう。私たちほど、巧みで、創造的で、独創的で、執拗で、輝いて、喜びを与えるようなパフォーマンスをすることはできないでしょう。一日に何度も繰り返します、でも私たちを結び付けるのはそれだけではないのです。たとえ、あなたに脚が一本なくても、私はあなたを愛し続ける、と彼女は私に言ってくれました。あなたがたとえ背虫でも、あなたを愛することを止めない、と私はそれに対して答えました。たとえあなたが聾唖でもあなたを愛し続ける、と彼女は言ってくれました。たとえあなたが斜視でもあなたを愛することを止めない、と私はそれに対して答えました。あなたが太鼓腹で醜くいとしてもあなたのことを愛し続ける、と彼女は言ってくれました。あなたが年老いて不能になっても、あなたを愛することを止めないと私は答えました。短刀で刺した傷のような深さに、私の決心がたどり着いたときに、私たちはこの誓いを交わしたのです。だから、私は彼女に訊ねました。私に歯がなくても、あなたは私を愛してくれるだろうか？　彼女は、あなたに歯がなくてもあなたを愛し続けると答えてくれました。だから、私は慎重に、敬虔に、覚悟して、入れ歯を外してベッドの上に置きました。私たちはシーツの上にある入れ歯を見続けました。すると、マリアは立ち上がり、服を着て、そして、タバコを買いに出かけると言いました。今日になってもまだ彼女は帰って来ません。ナタナエウさん、何が起きたのか教えてくれませんか。愛はこんなにも突然、終わってしまうのでしょうか。何本かの歯、大理石の哀れな小片がそんなに重要なのでしょうか？　差し歯のシウヴァより。

俺が返事を書こうとしていたら、ジャックリーニが現れて、ペッサーニャが呼んでいると言いに来た。

ペッサーニャの部屋に行くと、メガネをかけた薄い顎鬚の男がいた。こちらはポンチコルヴォ氏だ。ええっと失礼ですが、何をされている方でしたかとペッサーニャが訊ねた。

動向調査人ですとポンチコルヴォが答えた。話の途中でしたが、我々は、例えば『女性』の読者は誰なのかなど世の中の動向調査をしているのです。これまでの調査では、女性、しかも、Cクラスの女性であるという結果が出ていました。我々はこれまで、Cクラスの女性に関するあらゆる調査をしてきました。例えば、どこで食料品を購入するのか、何枚のパンティーを持っているのか、何時にセックスをするのか、何時にテレビを見るのか、どんなテレビ番組を見るのか、つまり、彼女たちの全プロフィールです。

そういう女性は何枚パンティーを持っているのですかとペッサーニャが訊いた。

ポンチコルヴォ氏は臆することなく、三枚だと答えた。

何時にセックスをするのですか？

二十二時半ですとポンチコルヴォは即答した。

でもどうやって、あなた方にそういうことがわかるのです？　社会保障機構が運営する共同アパートのアウローラ夫人の玄関を叩き、彼女がドアを開けると、アウローラ夫人、こんにちは、あなたは何時にセックスをするのですか？　と質問するとでもいうのですか？　いいですか、私はこの仕事に二十五年間就いていています、でも、Cクラスの女性のプロフィールを教えてくれる人なんて必要じゃない。自分の経験からわかっています。Cクラスの女性というのは、まさに私の新聞を読むような女性のことです、おわかりでしょうか？　パンティー三枚か……ハハハ！

我々は科学的調査方法を採用しています。スタッフには社会学者、心理学者、人類学者、統計学者、数学者がいる、とポンチコルヴォは平然と言った。

すべては無知な人々から金を巻き上げるためのものだ、と軽蔑を隠すことなくペッサーニャは言った。

ここに来る前に、御社の新聞についてちょっとした情報を集めてきましたよ、おそらく興味を持たれると思いますがね、とポンチコルヴォが言った。

そいつはいくらするんだい？　と嫌味っぽくペッサーニャが訊いた。

無料で差し上げます。その男は氷でできているかのようだった。我々はあなた方の読者についてのミニ調査を実施しました。サンプルは少ないのですが、間違いなく、御社の読者の大半、おそらくほとんど全員がBクラスの男性であると断言します。

何だって？　とペッサーニャは叫んだ。

そういうことです、男性、それもBクラスの。

ペッサーニャは最初は青ざめた。しかしその後、赤くなり、そして、まるで絞めつけられているように、紫がかり、開いた口、大きく見開いた目、椅子から立ち上がり、常軌を逸したゴリラのように、腕を広げて、ポンチコルヴォの方へよろめきながら向かって行った。それは、ポンチコルヴォのような冷酷な人でさえ、あるいは元事件記者にさえ、衝撃を与える光景であった。ポンチコルヴォは、ペッサーニャが突進してきたため、壁に背中がつくまで後ずさりし、おそらく我々の専門家の間違いでしょう、と冷静さと自制心を保つよう努めながら言った。

ペッサーニャはあと数センチのところまでポンチコルヴォに近づき、激しく震えていた。しかし、狂犬病の犬のように相手に襲いかかるであろうという俺の予想とは逆の行動をとった。力をこめて自分の髪の毛をつかみ、それをむしりながら、不謹慎野郎、ペテン師、泥棒、不当利得者、嘘つき、ろくでなし、と叫んだ。ポンチコルヴォは素早く戸口の方へ向かった。ペッサーニャは走り、追いかけ、ポンチコルヴォの頭からカツラを取り外し、投げつけた。そして、男！　男！　Bクラス！　と精神に異常をきたしたかのようなうなり声をあげた。

その後、すべてが静まると——ポンチコルヴォが階段から退散したからであったが——ペッサーニャは自分のデスクの後ろに再び座り込み、ブラジルが売り渡しているのは、ああいうタイプの奴らだ。統計の操作者、情報の偽造者、コンピューター悪用者、どいつも大嘘をでっちあげる。しかし、俺に対しては奴らにチャンスはない。軽蔑すべき奴らにそれをわからせなくてはならない、そうだよな？

俺は何か適当なことを言って、同意した。ペッサーニャは引き出しから安物の葉巻の箱をとりだし、一本俺にくれた。俺たちは葉巻を吸いながら、大嘘についての話をした。その後、彼は俺にペドロ・ヘッジグラヴィからの手紙と俺が書いた返事を手渡した。彼の様子から、俺に仕事に戻るように促していた。

戻る途中、ペドロ・ヘッジグラヴィからの手紙が、既に俺が返事を書いた手紙でないことに気がついた。内容は別のものであった。

親愛なるナタナエウ様へ。あなたからの手紙は苦しむ私の心の慰めです。耐えるための力を与えてくれました。分別を欠く行動は決してしないと約束します……。

手紙はそこで終わっていた。途中で終わっている。おかしい。どういうことなのかわからなかった。何か変だ。デスクへ戻り、差し歯のシウヴァに手紙を書き始めた。

歯のない人に歯の痛みはわかりません。有名な戯曲『むだ話』でヒーローがそう言っています。また、歯の痛みに耐えられる哲学者など一人もいません。歯は仕返しの道具でもあるのです。『申命記』は次のように述べて言ます。「目には目を、歯には歯を、手には手を、足には足を」歯は独裁者から軽蔑されます。ヒットラーが、ムッソリーニにフランコとの新たな会談に対して返した言葉を覚えていますか。私は歯を四本抜くほうがましだと言いました。あなたは、戯曲『終わりよければすべてよし』のあのヒーローと同じ状況にあることを恐れています。歯もなく、好きなものもなく、何もない。歯をもう一度入れて、噛みつくことを助言します。上手く噛みつけなければ、殴り、蹴りを入れるのです。

俺がすべてを察したのは、差し歯のシウヴァへの手紙の返事を書いている途中だった。ペッサーニャがペドロ・ヘッジグラヴィなんだ。俺がオスカー・ワイルドについて書いた返信と一緒に、ペッサーニャに渡したペドロから祈るように頼まれた手紙を戻す代わりに、まだ途中の新しい手紙を俺に渡してしまった。それは明らかに誤りであり、郵便で届くべきものであった。

俺はペドロ・ヘッジグラヴィの手紙を手に取り、ペッサーニャの部屋へ行った。

入ってもいいですか、と俺は訊いた。

何か用か、入れよ、とペッサーニャが言った。

俺は彼にペドロ・ヘッジグラヴィの手紙を渡した。彼は手紙を読むと間違いに気づき、しまったとばかりに顔が青ざめた。神経が高ぶり、デスクの上の紙を散乱させた。

ぜんぶ悪ふざけだったんだ、と彼は葉巻に火をつけながら言った。気を悪くしたかい？

真面目でも悪ふざけでもどちらでも構いませんよ、と俺は言った。

俺の人生から小説が生まれる……このことは、俺たちだけの秘密にしておいてくれないか、とペッサーニャが言った。

何について二人だけの秘密にしたいと彼が言ったのかよくわからなかった。彼の人生が小説を生み出すことなのか、彼がペドロ・ヘッジグラヴィということなのか。俺は返事をした。

もちろん、二人だけの。

ありがとう、とペッサーニャは言った。そして、元事件記者でない人だったら心が張り裂けるような溜め息をついた。

3　一九七〇年、四月、リオにて

すべては、芝生の上で俺の側に座ったあいつが「ジェルソンの唾を見ろよ」と言った時から、始まった。その時、俺は気に留めなかった。そこにたどり着くまでに苦労していて、日曜日の試合のことで頭がいっぱいだったから、他のことにいちいち注意していなかった。日曜日の試合には、かつて代表で、名選手だったマドゥレイラの監督、ジャイール・ダ・ホーザ・ピントが観に来ることになっていて、俺の心の中で、ゼ〔名前ジョゼ（José）の短縮された愛称〕、一生に一度のチャンスだ、そんな言葉が沸き起っていた。ある会社でタイピストをしている俺の女に、このままの状態でいることはないし、たとえそうだとしても、せいぜい一カ月くらいだ、ジャイール・ダ・ホーザ・ピントが日曜日に俺を観に来ると言ってみたが、享楽的な女で、気にもかけなかった。放してくれよ、俺にしゃべらせろよ。俺はベッドから起き上がって聞かせようとした。俺のプレーがよかったら、ジャイール・ダ・ホーザ・ピントが俺をマドゥレイラに連れていく。誰も俺を認めていないが、準備はできている。しかし、彼女は再びベッドに俺を引っ張りこみ、あの激しさ、俺の女はまさに炎だ。

その男はブラギーニャという名前だった。「ジェルソンの唾を見ろよ」と奴は言った。それは練習試合の後半だった。ブラギーニャは休憩時間に到着した。みんな奴のことを知っていて、ブラギーニャ、いったい何を考えているんだよ、と言うと、グリンゴ〔gringo. 語源はギリシア語のgrego。ラテン語に対して、ギリシア語は理解できない言語であったから、外国人、よそ者、金髪の人、肌の白い人を意味する軽蔑語〕をやっつけようぜ、と言い返した。その時、俺は首を振っていて、うなずきながら、奴を見て笑った。奴は俺を中に入れようとした。俺は押しかけ参加だったから、外に出されたくなかった。他の奴らは、俺のことをポジションが違うだろという目つきで見ていて、俺は取材記者のように通ることもできなかった。

ジェルソンのことを見た。奴はずっと唾を吐いていた。ボールを近づけ、三十メートルものロングパスを放った。見たか？　きれいで、透明で、透き通っている。何のことかわかるか？　とブラギーニャが訊いてきた。俺にはわからなかった、ジェルソンをからかっているのだろうか？　というのはジェルソンのことをよく思っていない黒人どもが大勢いるからだ。でも、俺に何が言える？　黙って、首を振ると、ブラギーニャが答えた。びくびくしている奴というのは、ああいう風に唾を吐いて、体はできている、体はできていると自分に言い聞かせるんだ。さあ、グリンゴをやっつけようぜ。

　ブラギーニャによると、奴らは毎日練習をしていて、女に会うことはなく、妻にさえ会うこともないらしい。ホーゼなんてどこにもいない、ジャイルジーニョはマンゲイラに戻らないし、パウロ・セザールはレバトの家に寄ることもない。みんな真剣だ。女や母親どころじゃない。

　女が男を駄目にするということは聞いたことがあったけれど、信じたことはなかった。でもあの日、なぜだかわからないけれど、そうかもしれないと考えるようになって、ブラギーニャに訊いてみた。お前さん、医者なのか？　医者なんかじゃない、でもこういうことは良くわかっている。十八歳のサッカー選手が、女が原因で駄目になったのを見た。ああ、俺の年齢だ。トスタォンの唾を見るんだ、奴はもう駄目だ、目を悪くして、六カ月間休んだ。奴の唾だけを見るんだ。トスタォンが近くを通り過ぎて、白いゴムのような糸を引いた唾を吐いた。マシュマロのような唾だろ、とブラギーニャが言った。奴はだいたい三十パーセントぐらいだな。でも、もう少しすれば〝黄金の左利き〟と同じく浄水の噴射のような激しい唾を吐くだろうな。ジェルソンはそう呼ばれていた。

練習が終わると、主要選手たちが練習生を囲んだ。素晴らしく良い練習場で、馬に乗って、ギャロップしながら走る乗馬の競技場だった。どこまでも続く芝生があり、俺の女ネリーと、ここで乗馬をする女たちは違っていた。ネリーを見捨てたいわけじゃないが、ここにいる女たちはまったく違っていた。服装、話し方、歩き方だ。他の選手のことを忘れてしまいそうになる。こんな女たちを見たことはなかった。彼女たちは街中を歩かずに、どこかに隠れていて、金持ちの男たちにだけ見ることができる。それが人生なんだ。プールや芝生、給仕があっちでもこっちでも飲み物や食べ物を運んでいて、静寂で、きれいで、美しい、そんな光景を想像した。

洋服ではなく、髪型や匂い、これがネリーと乗馬をする女たちとの違いだと、ホシーニャ〔リオデジャネイロ市南部にあるブラジル国内最大のスラム街〕行きのバスの停留所までトレーニングしながら道を走っていた時に考えたことだ。髪型、匂い、服装、なんていいんだ、ああいう女を俺のものにしたかった。だが、ああいう女をものにするには、少なくとも、代表選手になることが必要だ。日曜日に俺はなんとしてもうまくプレーをする。マドゥレイラ、それから代表だ、ゼズィーニョにボールが渡った、ゴーーール！　観衆の声が俺の頭の中で響いていた。

ネリーはボタフォゴ海岸にある居間一つと寝室一つのアパートに、俺たちの関係を知る職場の同僚と住んでいた。少し猫背で、マルガリーダという名前の良い子だった。俺がネリーと寝にいこうとすると、彼女は居間に行き、ソファーに横になって、寝室の中から聞こえてくるうめき声を聞いていないふりをした。

あんたは私のことが好きじゃないのよ、とネリーが言った。私がスパゲッティーを作って、あんたはそれを食べるだけ食べて、もう寝に帰る、と言う。なんなのよ？　あんたは私がバカだとでも思っているの？

俺は彼女にジェルソンの唾のことや日曜日の試合のことを考えていた、と言いたくなかった。だから、調子が悪いんだ、体調を崩したかもしれない、明日の試合も出られるかわからない、と言った。

二キロもスパゲッティーを食べておいて、調子が悪いですって？　とネリーが言った。あんたは私が間抜けだとでも思っているの？

たぶんスパゲッティーのせいだ、食べ過ぎた。

食べ過ぎたですって？　バカじゃないの、じゃあ、どうして今あんたはそのパンを食べているの？　とネリーが言ってきた。

自分がパンを食べていたことさえ気づいていなかった。頭が別のところに行っていた。ネリーは俺たちと一緒に夕食を食べていたマルガリーダのほうを向いて、マルガリーダ、この人が言っていることを信じる人がいると思う？　と訊いた。マルガリーダは、テーブルから急いで離れながら、知らない、と言った。

どうせあんたは別の女のところに行くんでしょう、とネリーが言った。彼女の骨っぽい顔と厚い唇が、俺の気分を変えたから、気持ちが落ち着いてきて、彼女のほうへ近づこうとした。しかし、ジェルソンの唾を思い出した。歯の間から吐き出された透明な噴射。お前のことが好きだよ、でもわかってくれ、今日は駄目なんだ、わかるよな、今日は駄目なんだよ、明日の夜にしてくれ。母親に誓って、どんな女とも会わない。

あんたには母親なんかいないじゃない、と床に皿を叩きつけてネリーが叫んだ。

それは本当のことだった。俺には母親なんかいないし、見たこともなかった。だから、ただ母親に誓っただけだった。ネリーはそのことを知っていた。いつものことだった。

実を言うと具合なんか悪くない。明日、マドゥレイラのジャイール・ダ・ホーザ・ピントが試合を観に来るんだ。もしプレーがよかったら、彼は俺をテストしてくれる。だから良いコンディションじゃないといけない、わかるよな、と俺は言った。

嘘つき、あんたは他の女に会いに行くのよ！

行かないよ、絶対に……。昨日、こういうことに詳しい奴が、選手っていうのは試合の前日に女と会っちゃいけない、と言っていたんだ。ごちゃごちゃ言わないでくれ、夜通しだとお前に骨抜きにされちまうと言いたかったけれど、彼女が今度は俺の頭で皿を割るのではないかと不安になった。

ドアに向かって俺は歩き出した。するとネリーが俺に抱きついてきた。だが、俺はそれを振りほどき、駄目だ、今日は駄目だ、明日の晩にまた戻ってくると俺は言った。

行くのなら、もうここに戻ってこないで、とネリーが怒って言った。俺がドアを開けるのを見ると、彼女は、行きなさいよ、嘘つき、臆病者、弱虫、無知、貧乏人！　と叫んだ。

嫌な気分でそこを出た、安宿に着き、寝転がり、彼女の俺に対するひどい態度を思い返して、しばらく楽しんだ。嘘つき、臆病者、頭がおかしいと言われても悪い気持ちにはならなかった、俺が彼女にとった態度の後で、臆病者と言われるのは嬉しかった、彼女がおれよりもましな男を探すとは考えられなかった。でも、無知、貧乏人と呼ばれたことには傷ついた。中学校を卒業して、タイピストだからといって、ああいうことを俺に対して言う権利はない。確かに俺は孤児で、母親は俺が生まれたときに死んでしまったし、父親も貧乏で、その後すぐに死んでしまったから、さらにひどい状況になった。無知で貧乏のまま終わるかもしれない。彼女は俺にどうなって欲しいのだろう？　その時、クロドアウドも孤児だったから、俺がしてきたような経験をしただろうと考えると、俺の悲しみは消えた。

しばらくの間、目が覚めていた。良いことを考えることはできなかったけれど、チャンスのことを考えていた。でも、センセーショナルなプレーや、観衆が沸くようなゴールを決めることは想像することができなかった。呼んでくれれば俺はどのチームでもプレーをする。リオでもベロ・オリゾンチでも、サンパウロやバイーアの奥地でもいい、チャンスを手に入れたかった。唯一プロでプレーをしたのはサン・クリストヴァンだった。雨の日で、練習場はぬかっていた。泥の中でも上手くプレーをしてアピールできる選手なんているだろうか。俺は十分、もう十分とプレーをした。順番を待つ奴らが列をなしていた。試合のちょうど半分くらいになると、俺と同じようにみなコンディションに苦しんでいた。

試合後、俺は監督に、またプレーをしに来ていいか、と訊いた。するとその男は、いや、いい、と静かに言った。俺の苦労に同情することもなく、平然とそう言った。

日曜日の朝は、ベッドで過ごし、十一時に、代表選手が試合の日に食べるのと同じビーフ・ステーキ、ご飯、レタスとトマトのサラダを食べた。マッシュルームだけが足りなかった。プラスチック製の小さなバッグにシューズ、青いズボン、青いTシャツ、白い靴下等一式を入れて、バスに乗り、中央駅で降りて電車に乗った。

監督のチアンはすでに練習場にいた。それから、試合が始まるのを待つ大勢の選手がいた。服を着替えに更衣室へ行った。チアンが全員を集め、どんな風に試合をしてほしいのか説明をした。俺は、マドゥレイラのジャイール・ダ・ホーザ・ピントはもう到着しているのかと訊いた。バハ・マンサのジャジャのことか？　見ていない、と言った。お前が出るとき、チアゴは待機しろ、ガビルも来て、ミッド・フィルダーとして入る。それからもう一つ、相手のウィングに気を付けるんだ、ジェオヴァという選手だ。必要だったら、奴にぶつかっていけ。

俺が更衣室から出ると、練習場の周りをたくさんの選手が囲んでいた。しかし、観客席には誰もいなかった。俺はジャイール・ダ・ホーザ・ピントを探したが、見つけることができなかった、おそらくここから見る限り、あの辺にいるのだろう。胃に悪寒を感じた。跳躍すると、体が温まり、身体に感覚が戻って、皮膚の下の筋肉を感じることができたので、走って飛び跳ねた。すると胃の悪寒は解消した。皮膚の下の筋肉を感じるのはなんて気持ちがいいのだろう。

相手チームがコイントスに勝ち、フィールドを選んだ。ピルリートが俺の後ろから来て、ボールを俺に出してきたから、俺は屈みながら、足の先でガビルにボールを蹴った。しかし、ボールが敵のほうに渡ってしまったから、俺は取り戻そうと走った、しかし、敵に三方で囲まれた。俺は、よし、いいところを見せてやるぞと考えたが、囲まれたことで、焦ってしまい、自分がどうしようとしているのかわからなくなってしまった。

前半は全くうまくいかなかった。俺はジェオヴァに最初の戦いを挑んだ。奴が二度、俺のそばを通り過ぎた時に、何とかしようと、奴の利き足めがけて突進した。しかし、緊張してしまい、チアンに向かって、くそ、見てくれよ、後退しているぜ、と叫んだ。奴は巧みに蹴るが、センターから動かず、俺たちはその後ろでどうすることもできなかった。ハーフタイムの一分前に、ジェオヴァにもう一度ぶつかりに行った。奴は起き上がると、なんか恨みでもあるのか、と俺を見て言った。俺たちは同時に唾を吐いた。唾はうまく出た。くそっ、奴の唾は俺のよりもっとうまく出ていた。俺が強く唾を飛ばすように吐きだし、口を拭く一方で、黒人野郎は口を開けることもなく、ものすごい音を立てながら、唇を閉じたまま唾を噴射させた。

更衣室で、チアンが俺に言った。ゼ、パスをするときにもっと相手を惑わすんだ。わかった、と俺は言った。突然、ため息が出て、妙な感じがした。そして、気落ちしながら、チアゴと交替したらどうか、と言ってみた。するとチアンは頭を掻きながら、知らんな、お前さんはペナルティエリア手前でしっかり守り続けるんだ、戦略がうまく行っている時は交替しない、と言った。

フローリングの上にタオルを敷いて、俺は横になった。何も考えたくなかった。いつか起こるかもしれない良い出来事を想像する気にもなれなかった。黙ったままでいた。誰かジャイール・ダ・ホーザ・ピントを見なかったか？　と尋ねた時だけ口を開いた。誰も見ていなかった。

後半も太陽がじりじり照りつけていた。敵側の左ウィングがゴールラインまでロングパスをして、ボールはセンタリングされ、誰よりも高くジャンプをしたジェオヴァが強いヘディングシュートを放った。俺たちのキーパーは、どこからボールが来たのかさえ見ることができなかった。ジェオヴァは上に向けてこぶしを振り上げ、ペレが編み出したのと同じポーズをした。

みんな、点をひっくり返そうぜ、と俺はチームの奴らに言って、一九六二年のワールドカップ決勝戦でジジが見せたのと同じように脇にボールを抱え、キックオフするためにセンターラインめがけて走った。

得点を返すことはできなかった。点を加えたのは相手チームのほうで、二回シュートをしてゴール・ポストに当て、ボールをキープし続けた。走り過ぎたために、疲れ切って、口が渇いた。マシュマロが落ちるような白い唾を吐く気にもなれなかった。

試合が終わっても、俺はフィールドに残っていた。するとチアンが俺に言った。ぜ、頭を上げるんだ、こういうことは誰にでも起こる、すべてうまくいかない日だってあるよ、そういうもんだよ。俺はあまりに憔悴しきっていて、自分のプレーがひどかったことに、その時初めて気がついた。ナマズの頭のようにフィールドの中で走ることしかできなかった。後方で、ジェオヴァが誰かと話をしているのを見た。それが誰なのか見ることはできなかった。それはジャイール・ダ・ホーザ・ピントで、奴をマドゥレイラでプレーするよう勧誘しているんだと考えた。悲しくなり、そうなのか確かめる勇気も出なかった。更衣室へ走って行った。

最後に出たのは俺だった。暗くなり始めていた。午後の影で、フィールドはますます汚く見えた。俺は一人だった。みんな帰ってしまった。歩きながら、山のようなゴミの脇を通り過ぎるとき、ユニフォーム一式が入った小さなバッグをそこに投げ捨てたいという気持ちになった。だが捨てなかった。胸でバッグを抱え、シューズの靴底の感触を感じながら、そのままゆっくりと歩き続けた。戻りたいとは思わなかったけれど、どこへ行けばよいのかもわからなかった。

4　何とかするしかない

俺は定職につけず、マリアジーニャに依存しっぱなしで、どん底だった。彼女はお針子で、彼女とその娘の生活費をなんとかまかなう程度の少ない給料でやりくりしていた。夜、ベッドで寝ていても何の楽しさもなかった。彼女がこう訊いてくるからだ。何か見つけた？　今日は良いことがあったの？　俺のような経歴の持ち主を雇う人などいないということに、俺は失望していた。雇ってくれたのは、ボリビアで密輸品を手に入れる仕事を手伝わせたマランドロ〔malandro. 定職につかず、機知を使って巧みに生きる人のこと〕のポルキーニョぐらいだった。俺はその仕事をうまくこなして、二十年ほど関わったが、警察に逮捕された。ポルキーニョは、おまえがお針子のヒモのままでいたいのなら、問題はおまえの方にある、と言った。くそっ、あいつは捕まったことがないから、刑務所の中がどんなところなのか知らないんだ。五年くらい過ごしただろうか、その頃のことを思い出すと、人生ずっと、他のことは何もやっていないように思えた。若い頃から、刑務所にぶち込まれてばかりだった。俺はポルキーニョから、二人の意気地無しの前で軽視され、憎しみと屈辱を感じたことを思い出した。その日、俺が帰宅するとすぐに、マリアジーニャが真剣な話をしたいと言ってきた。小さな娘には父親が必要なのに、俺はほとんど家にいないし、生活も貧しくて大変だと言って、彼女は俺に、別の男、彼女を助けてくれるような、仕事のある男を探すのを認めてほしいと言ってきた。彼女がミシンを止めることなく、汗をかいているのを見て、俺は後ろめたさを感じ、数日間家に戻らなかった。俺は彼女の可愛げのない娘の顔を殴ってやりたいと思ったが、彼女に理があったから、きみのほうが正しい、と俺は言った。彼女は自分のことを殴らないのかと訊いてきたが、俺は殴らない、と言った。そして、何か料理してほしいかと言った。俺は、腹は減っていないから、いらないと断った。一日中、食べ物を目にすることなく過ごしていたが、本当に腹は減っていなかった。

俺は仕事を探し始めた。どんな条件であろうと、警察に厄介にならないような仕事であればよかったが、簡単ではなかった。露店市に行ったり、献血センターに行ったり、いつでも仕事にありつける場所に行ったり、掃除夫の仕事を与えてくれる家々を渡り歩いたりした。しかし、誰もが俺のことを疑い、身元証明書を求めてきた。俺には刑務所の所長が証明したものしかなかった。お先真っ暗であったが、コパカバーナにあるナイトクラブの入口で俺と警備をしていた男から、体格が良くて、毅然とした態度をとれる俺みたいな男を探している人物を知っている、と言われた。俺は刑務所にいたことは言わず、サンパウロにある売春宿で働いたことがある、と言った。すると奴は、今すぐに俺を連れて行ってやると言った。そのナイトクラブにつくと、奴は俺を店主に紹介した。店主はこういうところで働いたことがあるのかと訊いた。俺があると答えると、店主は警察を知っているかと訊くので、知っていると答えた。俺は刑務所の中にいて、奴らは外側にいたのだが、そのことは店主には言わなかった。すると店主は、この辺りは面倒な場所だから、厄介事はご免だと言った。ご心配はいりませんよ、いつから働き始めますか？　と俺は尋ねた。今日からだ、この店に頭のおかしいおかま、黒人、密売人は入れるな、わかったか？　と言った。

俺はマリアジーニャに良い報せを伝えようと走って帰宅したが、彼女は俺には話をさせず、カテッチにあるユダヤ人の店で大工をしているまじめで働き者の男を見つけ、自分との結婚を望んでいると言った。くそっ。心が空っぽになるのを感じた。長く刑務所にいた過去のあるあなたのような人に、仕事なんか見つけられない。エルメネジウドはとても良い人だとマリアジーニャは言ってから、彼女が見つけたその男の話をしばらくしていた。俺はただ聞いていた。なぜだかわからない、おそらく、彼女を逃がさないためだった。俺は彼女に仕事が見つかったことを言わなかった。可哀想な彼女はもう俺にうんざりしていたにちがいなかったからだ。俺はそのエルメネジウドとかいう奴と話がしたいとだけ言った。すると彼女はそれを断り、彼はあなたが刑務所にいたことがあるから怖がっているのだから、お願いと懇願してきた。怖いって？　むしろ奴は俺に同情するよ、奴の住所を教えろよと俺は言った。

奴は家具屋で働いていて、俺が着いたとき、他の仕事仲間二人と、棍棒を側に置いて、俺のことを待っていた。俺は全員が怖がっているのを見て、おまえと穏やかに話をしに来たのだから、仲間を立ち去らせろと命令した。二人が去ると、セアラ州の出身だと自己紹介し、まじめで働き者の女性と結婚したい、自分もまじめで働き者だから、マリアジーニャのことが好きだし、彼女も自分のことが好きだと言った。彼は店主のイザックから許可を得ると、俺たちは飲み屋へ行き、ビールを飲んだ。その店には、殴り殺そうかと思った女もいたが、俺は自分の女を他の男に譲っているところだった、くそっ。

マリアジーニャの家に戻った。彼女は俺の荷物を一つの袋にまとめていた、それは大きな袋ではなかった。俺は脇で抱えた。マリアジーニャは髪の毛を結って、俺が好きなワンピースを着ていて、彼女の手を握ったときに、俺の心は痛んだ。しかし俺は、さようならとだけ言った。

脇に袋を抱えたまま、街を歩いた。何時間も歩き、その後、ナイトクラブへ行った。店主は俺に黒いスーツとネクタイを用意してくれ、入口のところにいるように命じた。俺は疲れないように入口にもたれかかっていた。すると、鬘、宝石、口紅、人工乳房で女装をした、気取ったおかまが近づいてきた。マダムは入れませんよと俺は言った。すると、マダム？　あんたバカじゃないのとその女はあきれた表情で唇を裏返して言った。入れませんよ、あきらめてくださいと俺は入口を塞いで言った。すると、そのおかまは、あんた誰と話しているのかわかっているの？　と訊いてきた。知りませんよ、でもそんなことに興味はありませんね、どこの馬の骨かわかりませんが、入ることはできませんと俺は言ってやった。口論しているあいだに誰かが店主を呼びに行ったのだろう、店主は、すみません、警備員はあなただということに気づかなかったんです、申し訳ございませんと慇懃に言って、どうぞお入り下さい、手違いです、とこびへつらい、そのおかまに中まで付き添って行った。戻ってくると、不機嫌な顔で、重要な客を追い払おうとしたと言った。俺にとっては、おかまはおかまだし、追い払うように言ったのは、あんただと言い返した。あきれたね、一体どこで仕事を学んだのかねと店主は言った。高級おかまがいることをおまえさんは知らないのか、そういう客を追い払ったりはしない、少しは頭が使えるのかどうか見てやろうじゃないか、おまえさんが警備員ごときだからといってバカじゃだめなんだ。それじゃあ、口先男とは何なのか俺が理解したかどうか試してみようじゃありませんか、あんたは俺のことをバカ呼ばわりするのに、あのおかまのことはセニョールと呼ぶ。あんたの友人以外のおかますべてを俺が追い払えるのか、俺が理解したかどうか見てみようじゃありませんか。問題は、どういう人があんたのお仲間なのかということです、そうではありませんか。俺はさらに続けた。他のおかまは入れないのに、どうしてああいう重要でも無いおかまが入れるのですか。他のおかまだって、同じように神の子なのに。それにもう一つ、おかまに腹を立てる人というのは、実はホモになるのを恐れているだけなんだ。店主は俺を怒りと驚きの目で見て、歯の間で何かぶつぶつ呟いてから、後で話そうと言った。こいつは今日の仕事が終わったら俺を辞めさせるだろう。明け方にはまた路頭に迷うんだ、くそっ。

客がどんどん入っていった。ああいう類の温床なんだ。世の中には、たとえどんなに高くてまずい料理でも飲み込む奴らで溢れている。しかし、あいつらが金を稼ぐということは、誰かが後ろに追いやられているんだ。ここにどうしようもない男がいますよ、何でもご用命ください、ありがとう。

だいたい夜中の三時頃だっただろうか、給仕が入口に出て来て、店主が呼んでいると言った。テーブル席はみないっぱいで、ダンスフロアも踊る人たちや騒がしい音楽で充満していた。俺は店主のことを嫌な奴だと言いながら、給仕の後についていった。店主はカウンターにいて、テーブル席の一つを指差し、あそこにいる男の素行が悪い、奴を店の外に出せと言った。俺は遠くから、どの男なのかを人定した。男たちのうちの一人が、抑えきれないほど怒り狂っていたが、それは女の子たち、とくに側にいた女の気を引こうとして、気取っていただけだった。その女は、その男の腕をつかんでいたが、男は怒りまくったふりをしていて、床につぎつぎと椅子を投げつけていた。こういう連中に関して、俺には知識があった。用心棒として働いていたとき、この手の奴らをずいぶん追い出した。服をつかみ、それほど力をいれる必要もない。奴らはすぐに出て行き、大声で、文句を言ったり、脅してきたりするが、厄介でもなんでもなく、大した奴らではない。せいぜい、その翌日に、飲み屋を閉めさせたと仲間と自慢しあい、自分の顔がボコボコにされなかったのは、女がそうさせなかったからだとうそぶくくらいだ。その時、俺は店主のことを思い出した。そうだ、辞めさせられるんだ、くそっ、俺はこういう役目ばかりさせられることにうんざりしていた。目の前には壊すためにあるような電球と鏡をいっぱいつけた仏塔があった。このチャンスを逃すものか。俺は、そいつを、ただ怒らせようとして、あんたとその隣にいる売女さん、すぐに店の外へ出ていただけませんか、面倒を起したのだから、おとなしく出ていただけますよね。運のいいことに、三人の頑丈そうな男たちが目の前のテーブルの側にいることに気づいた。奴らは動かずに俺と向き合っていた。そこで、俺はすかさず、一番醜い奴に、何を見ているんだ、殴られたいのかと言ってやった。決定打を打つために、問題の男のそばにいた女の顔面にステーキを投げつけた。するとそいつが落雷のように突然暴れだし、数十名の男たちが加わって喧嘩を始め、近くで腕組みをしていた黒人野郎も参戦した。俺はカウンターの中に入ったが、一本の瓶もなかった、電球が粉々に割れ、電気が消え、騒動が終わったときには、煉瓦の壁際に、仏塔の破片が一つ突き刺さって落ちていた。警察が来て、立ち去った後に、病院の治療費、歯医者代を支払ってもらいたい、この喧嘩で三本の歯を折っちまったよ、俺はあんたの店を守るためにできる限りのことをやった、それぐらいの対価を受ける権利はあるはずだ、今すぐもらいたい、今すぐにと店主に言ってやった。腰かけていた店主は立ち上がり、レジからカネ一束を取ると俺に渡した。俺は自分の荷物袋をつかんで、店を去った。くそっ。

5　夜のドライブ　パートI

書類、報告書、調査書、提案書、契約書で一杯のブリーフケースを抱えて帰宅した。妻はベッドに横たわり、トランプ・カードで一人占いをしていた。ベッドサイド・テーブルにウイスキーのグラスを弄びながら置いて、カードから目を離すことなく、あなた、疲れているように見えるわ、と言った。家庭の音。娘は自分の部屋で発声練習、息子の部屋からはオーディオ音楽。鞄を置かないの？　と妻が言う。服を脱いで、ウイスキーでも飲んだら？　少しは体を休めないとだめよ。

俺は書斎へ行った。そこは家の中で独りになれる場所で、いつものように何もしなかった。机の上で、一冊の調査書を開いた。文字も数字も見ていなかった、俺はただ待っていた。あなたは仕事をするのを止めない、賭けてもいいけれど、あなたの同僚は半分も仕事をしていないのに、あなたと同じだけの給料をもらっている、と言いながら、グラスを手にした妻が書斎に入ってきた。夕食にするように言ってもいいかしら。

女給仕がフランス風に食事を出した。子供たちは成長し、俺と妻は太っていた。あなたが好きなあのワインね、と言って彼女は舌鼓を打った。エスプレッソを飲んでいる時に、息子が金をせびり、リキュールを飲んでいる時に娘が金をせびってきた。妻は俺と共有の銀行口座を持っているから、何も求めてこなかった。

一回りドライブしないかい？　と俺は誘った。彼女が行かないのはわかっていた、テレビドラマの時間だからだ。毎晩、ドライブすることがそんなに楽しいなんて、わたしにはわからないわ。でも、あの車は高かったから乗らなくちゃね。わたしはますます物には執着しなくなっているの、と妻が返事をした。

子供たちの車が、俺が車を出すのを妨げるように、ガレージの入口を塞いでいた。二台の車を出して、道に停め、自分の車を出して道に停めた。そして、もう一度ガレージに二台の車を入れ、入口を閉めた。このすべての操作が俺をイラつかせた。しかし、クロムメッキ加工でできた鋼鉄製の特注で二重補強を施した車の見事なバンパーを見ると、恍惚感で動悸が速く打つのを感じた。エンジンキーの穴に鍵を入れると、流線型のボンネットに覆われている、静かに力を生み出すパワーのあるエンジンがかかった。いつものようにどこへ向かうのかわからないまま走り出した。人気のない道でなくてはならない。この街にはハエより人の方が多い。ブラジル通り、あそこは往来が多くて駄目だ。ほとんど灯りのない道に着いた。暗い木に覆われ、理想的な場所だった。男にするか女にするか。実際、それほどの違いはなかった。しかしこのような状況では誰も現れなかった。緊張してきた。それはいつものことで、俺はそれを好んでもいた。むしろ、くつろいでいた。その時、一人の女を見た。彼女でいいだろう。感動は薄くなるが、女のほうが簡単だから。その女はパン屋か食料品店か何かのありふれた紙袋を抱えながら、急いで歩いていた。スカートとブラウスを着て、急ぎ足だった。道には、二十メートルごとに木が植えてあり、そのことが、面白いほどに巧妙さを要求した。車のライトを消し、加速した。女は、歩道の縁にぶつかったタイヤのゴムの音を聞いて、俺がその女の上に乗りあげたときに初めて気がついた。二本の脚の丁度真ん中くらいの膝上で女にぶつかった、少し左寄りであったが、完璧な不意打ちだった。俺は二本の骨を砕く衝撃音を聞き、左に素早くハンドルを切ると、一本の木の側をすれすれに通るロケットのように素早く走り抜け、タイヤの音を鳴らせながら滑走し、アスファルトに戻った。俺の車は良いエンジンをしている、九秒以内にゼロから百キロに達する。郊外の貧しい家の低い壁上に、血で塗られた女の蝶番の外れた体全体がぶら下がっているのをまだ見ることができた。

ガレージで車を調べた。俺は傷の無いフェンダーやバンパーに満足げに軽く手を滑らせた。世界中で、こういうマシーンを使うときに俺に匹敵する腕前を持つ奴はほとんどいないだろう。

家族はテレビを見ていた。ドライブして一回りしたから、少しは落ち着いたの？　とソファーに横になりながら映像から目を離さずに妻が訊いてきた。もう寝るよ、みんなお休みと俺は返事をした。明日も会社でひどい一日になりそうだから。

6　夜のドライブ　パートII

一台の車がしきりにクラクションを鳴らしながら、俺の車に近づいてきたとき、帰宅途中だった。車を運転している女が言っていることが聞こえるように車の窓ガラスを下した。熱い空気の疾風が女の声とともに入ってきた。「誰のことも覚えていないのね」

俺はその女を見たこともなかった。俺は丁寧に会釈した。俺たちの後ろの車がクラクションを鳴らした。夜七時、アトランチカ通り〔コパカバーナ海岸沿いを通る道路〕の往来は激しかった。

女は自分の車の助手席に移り、窓の外に右手を出して、ほら、あなたにちょっとしたプレゼントよ、と言った。

俺が腕を伸ばすと、彼女は俺の手に一枚の紙を渡した。そして、高笑いしながら車を急発進させた。

ポケットにその紙をしまった。帰宅してから何が書いてあるのか見た。アンジェラ、二八七―三五九四。

夜はいつものように出かけた。

翌日、電話をかけた。女性が出た。アンジェラがいるか訊いた。いなかった。彼女は授業へ行ったということだった。声からすると使用人に違いなかった。アンジェラは学生なのかと訊いたら、彼女は芸術家だとその使用人が答えた。

しばらくしてもう一度電話をしてみた。アンジェラが出た。

俺はあの黒いジャガーを運転していた男だ。

あなたの車の車種が何だったのか覚えていないわ。

夕食を食べよう、きみを九時に迎えにいくよ、と俺は言った
待ってよ、焦らないで。あなた私のことを何だと思っているの？

何も。

私が街であなたに声をかけたのに、あなたは何とも思わないの？

思わないね。きみの住所はどこだい？

ラゴア地区のカンタガーロのカーブのところに住んでいた。良い場所だ。

彼女は入口のところで俺を待っていた。

どこで夕食をとりたいか訊いた。アンジェラは洒落たレストランならどこでもいいと答えた。彼女はこの前とはまったく違っていた。濃い化粧で、経験豊かだけれど人間味のない顔をしていた。

初めて電話をかけたとき、きみは授業に行っていると言われた。なんの授業かい？　と俺は訊いた。

発声法の授業よ。

俺の娘も発声法を勉強している。きみは女優なんだね？

そうよ、映画の。

俺は映画が好きなんだ。どんな映画に出演したの？

一本だけよ。今、編集中なの。バカみたいなタイトルよ、『錯乱した処女たち』っていうの、大した映画じゃないわ、でもこの仕事をし始めたばかりだから、機会を待つわ、だってまだ二十歳だもの。

車中の暗がりの中で、彼女は二十五歳くらいに見えた。

バルトロメウ・ミットリ通り〔高級マンションの立ち並ぶレブロン地区の中央を海岸へ向かって通る道路〕で車を停め、アタウフォ・ジ・パイヴァ通りにあるレストラン「マリオ」の方へ歩いて行った。

レストランの前はいっぱいだから、と俺は言った。

でも、ガード・マンが車を見ていてくれるわよ、知らないの？　と彼女が言った。

知っているよ。でも一度、奴らが俺の車をこすったことがあったんだ。

店に入ったとき、アンジェラはレストランの客に見下した視線を投げかけていた。俺はそのレストランに行ったことがなかった。知り合いがいないか確かめた。まだ早い時間だったから、ほとんど客はいなかった。あるテーブルには若い男と若い娘を連れた中年の男性がいた。他に三つのテーブルだけが埋まっていて、そこには話をしながら楽しそうにしているいくつかのカップルがいた。知り合いは誰もいなかった。

アンジェラはマティーニを頼んだ。

あなたは飲まないの？　とアンジェラが訊いてきた。

たまにね。

ねぇ、まじめに答えて、私があなたにメモを渡したとき、あなたは何とも思わなかったの？

何とも。でも、きみが考えてほしいというなら、今考えるけれど、と俺は言った。

考えて、とアンジェラが言った。

仮説は二つある。一つは、きみが車に乗っていた俺のことを見て、俺の横顔に関心を持った。きみは挑発的で突発的だから、俺と知り合いになろうと考えた。それは直観的な行動だった。ノートをちぎった一枚の紙片を手に取り、名前と電話番号を素早く書いた。なにしろ、きみが書いた名前を俺はほとんど解読できなかったんだからね。

じゃあ、二つ目の仮説は？

きみは娼婦で、自分の名前と電話番号を書いた紙片をたくさんバッグに入れて出かける。きみは大きな車を運転して、金持ちで頭の悪そうな男を見かけると、その番号を教える。配った二十枚の紙片のうち、一人だけがきみに電話をかける。

どちらの仮説をあなたは選ぶかしら？

二つ目だね。きみは娼婦だから、と俺は言った。

アンジェラはマティーニを飲みながら、俺が言ったことを聞いていないかのようだった。

俺はミネラル・ウォーターを飲んだ。彼女は眉を上げ、自分のほうが上であることを見せたいかのように、俺を見ていた。下手な女優で、動揺しているのがわかった。そして、車の中で素早く書いたから、読めないようなメモだったとあなたは認めているわ、と言った。頭の良い娼婦だったら、出かける前に家ですべてのメモを用意するね。そうして、自分の客を騙す、と俺は言った。

もし最初の仮説が正しいと私があなたに誓ったら、あなたは信じるかしら？

信じないね。つまり、興味がないね、と俺は言った。

興味がないってどういうこと？

彼女は困惑し、どうしたら良いのかわからないようだった。そして、彼女が決心するのを手助けするような何かを俺に言って欲しい感じであった。

ただ単に、興味を引かないんだ。夕食を食べようと俺は言った。合図をして、ウェイターを呼び、料理を選んだ。

アンジェラは更に二杯のマティーニを飲んだ。

こんなに恥ずかしい思いをしたのは人生で始めてよ。アンジェラの軽いしゃがれ声が響いた。

もし俺がきみだったら、必要な時に俺から逃げられるように、もうそれ以上飲まないね、と俺は言った。

私、あなたから逃げたいなんて思っていないわ、とアンジェラはグラスの残りを一口で飲みほし言った。もう一杯ちょうだい。

その状況、彼女とレストランにいる、ということが俺を退屈にした。もう少ししたら良くなるだろう。でも、アンジェラと会話をしても、中途半端で、もはや俺になんの意味ももたらさなかった。

あなたはどんな仕事をしているの？

南地区で有毒物質の分配を管理している。

それは本当なの？

きみは俺の車を見なかったのか？

あなたは実業家なのね。

きみの仮説を選んでいいよ。俺は自分の仮説を選んだ、と答えた。

実業家。

違うね。密売人だ。俺は頭上にあるこういう電気の明かりが嫌いなんだ。捕まった時のことを時々思い出すから。

あなたが言っていることは一言も信じないわ。

俺のほうが一息入れる番だった。

きみは正しいよ。全部嘘だ。俺の顔をよく見て。きみは何かを暴けるかな、と俺は言った。

アンジェラは軽く俺の顎を触り、天井から降り注ぐ電気の光の下に俺の顔を引き寄せ、俺をじっと見つめた。

何もわからないわ。あなたの顔はポーズをとる誰かの肖像画、無名の古い肖像画のように見えるわ、とアンジェラが言った。

彼女もまた無名の古い肖像画のように見えた。

俺は腕時計を見た。

そろそろ出ないかと俺は言った。

車に乗り込んだ。

人は物事がうまくいくと考えることもあれば、過ちを犯すと考えることもある、とアンジェラが言った。

ある人の不幸は他人の幸福さ、と俺は言った。

月が車についてきて銀色の光跡を湖に映していた。子供のころ、夜に出かけると、車が走れば走るほど、月は雲を突き抜けて、俺のあとを追ってきた。

きみの家より少し手前で、きみを降ろすよ。

なぜ？

俺は妻帯者なんだ。妻の弟がきみのマンションに住んでいる。

あのカーブのところにあるマンションだろ？　彼に見られたくない。俺の車を知っているんだ。リオに同じ車はない。

私たちはもう会うことはないのかしら？　とアンジェラが訊いた。

難しいと思うよ。

どんな男も私に夢中になるのに。

そう思うね。

あなたが素敵だからではないわ。あなたの車はあなたより素敵、とアンジェラが言った。

一つのものが別のものを補完する、と俺は言った。

彼女は飛び下りた。ゆっくりと歩道を歩いていた上に、女だったから、あまりに容易だった。だが、もう遅くなっていたから、俺はすぐに帰宅しなくてはならなかった。

俺は電気を消し、車を加速させた。ぶつけて、乗り上げなくてはならない。彼女を生かしておくというリスクを冒すことはできなかった。彼女は俺についてたくさんのことを知ってしまった。被害者の中で、俺の顔を見た唯一の人物だった。俺は自分の車のことを熟知していた。なにが問題だというんだ？　これまで誰も逃がれられていない。

俺は左側の泥除けでアンジェラにぶつかった、彼女の体を少し前に倒し、まず前輪で轢いた。身体のもろい部分が粉々になる鈍い音を感じた。すぐにもう一度後輪で轢き、慈悲深い一撃を与えた。彼女はほとんど死にかけていたが、最後の苦痛や困惑を感じたかもしれない。

帰宅すると、妻がテレビで吹き替えのカラー映画を観ていた。

今日はいつもより遅いわね。イライラしているの？　と彼女が言った。

そうだね。でも大丈夫だ。もう寝るよ。明日も会社でひどい一日になりそうだから。

7　恋人の日

我慢ならないことがあるとしたら、それは恐喝野郎だ。そうじゃなければどんなに金を積まれても、あの土曜日に出かけることはなかっただろう。

メデイロス弁護士が俺に電話をかけてきて、恐喝だ、俺の顧客がひどい目に遭っている、と連絡をしてきた。客はJ・J・サントスという銀行家だった。

マンドラーキ、痕跡を残さずに始末してほしい、わかるよな？　と彼は続けた。

わかりました、でも高くつきますよ、と俺は一緒に居た金髪のプリンセスを眺めながら言った。

わかっている、わかっている、とメデイロスは言った。その客というのはかつて政治家で、しばらく政府で働き、大臣をして退職したが、あらゆることに影響力のある人物として知られていた。

あの土曜日は始まりからひどかった。頭が痛くてガンガンしながら起き上がった。前日の晩に飲み過ぎて二日酔いだったからだ。家の中を歩き回り、ネウソン・ゴンサウヴェス〔MPB（ブラジリアン・ポピュラー・ミュージック）の歌手（一九一九―一九九八年）〕の曲を聴きながら、冷蔵庫を開け、カチョカバロチーズを一切れ食べた。

車を運転して、上流階級がポロをするイタニャンガ〔リオデジャネイロ市西部に位置し、自然に恵まれた地区であり、有名なゴルフ場がある〕まで行った。金持ちの奴らが競技するのを見るのが、好きだった。その時、金髪女に出会った。健康的で清潔な肌、凛とした輝く目をして、朝露に濡れた花のように見えた。

ポロの競技者は地獄へ落ちるよ、と俺は言った。

どうやって？　と彼女が訊いた。

最後の審判で金持ちは破滅する、と俺は答えた。

ロマンチックな社会主義者ね、と彼女は軽蔑して笑った。

メデイロス弁護士が電話をかけてきたときに、俺のアパートにいたのが、その金髪女だった。

Ｊ・Ｊ・サントスはミナス・ジェライス州出身の銀行家で、その土曜日は、彼の後援者の娘の結婚式へ行く行かないで妻と口論していた。

私は行かないけれど、あなたは行って、とＪ・Ｊ・サントスの妻は言った。彼女はクッキーでも食べながら、テレビを見て家で過ごすほうが良かったのだ。結婚して十年も経つと、あきらめて、閉じこもったまま死んでしまうか、妻を放り出して自由になるか、そのどちらかであった。Ｊ・Ｊ・サントスは白いワイシャツに銀色のネクタイをつけて、ダークスーツを着た。

金髪のプリンセスの手を取り、一緒においで、と俺は言った。恋人の日だった。

あなたは詩の本を何か読んだことがある？　と彼女が俺に尋ねた。

ええと、法律の本を除いて本は一冊も読んだことがない、と俺は言った。

彼女は笑った。

きみの歯はすべてそろっているのかい？　と俺は訊いた。

彼女の歯はすべてそろっていた。彼女が口を開けて、上下の二列を見せた。金持ちの代物だった。

俺のアパートに着いた。俺たち二人の間でこれから起こることは、きみが経験したことのないようなことだよ、俺のプリンセス。

予告編を見せて、と彼女が言った。

俺は生まれた時、パウロという名前だった、法王の名前だ。しかし、マンドラーキに変えた。祈ることもないし、ほとんどしゃべらないけれど、必要なことはする。プリンセス、今まで見ていないことに対して準備するんだね。

まさにその瞬間、電話が鳴った。弁護士のメデイロスからだった。

祭壇は花で飾られていた。花嫁は父親に付き添われ、教会のバージンロードをゆっくりと歩いていた。花婿はたいていそうであるような間抜け面をして、祭壇で花嫁を待っていた。

八時にJ・J・サントスは教会を出て、彼の車、メルセデスベンツに乗り込み、イパネマにある花嫁の両親の住む家へ向かった。アパートには大勢の人がいて、J・J・サントスはその人たちに挨拶をして、新郎新婦に祝杯を挙げ、三十分後には気づかれないようにそこを出た。彼は自分が何をしたいのかよくわからなかった。帰宅して、カラーテレビの吹き替え映画を鑑賞したくないことは確かだった。車に乗り、イパネマ海岸を通って、バハ・ダ・チジューカ〔イタニャンガに隣接する海岸沿いの地区。一九六〇年代末から開発され、富裕層のマンションや家が立ち並ぶ〕の方へ向かった。彼はリオに住んでまだ一年しか経ていなかったが、魅力的な街だと考えていた。五百メートルほど先に一人の女の子が歩道に立っているのが見えた。カーステレオからは音楽が流れており、J・J・サントスは感激していた。こんなに美しい女の子を見たことがなかったからだ。彼女が自分の方を見ているような気がしたが、それは勘違いだったであろう。彼女は車で通る客を釣る海岸の売春婦とは違っていた。引き返すことにしたときは、レブロン地区の終わりだった。まだあの女の子はあそこにいるだろう、彼はもう一度その子に会いたかった。女の子は、フォルクスワーゲンのドアに身をかがめながら、さっきの場所にいた。値段交渉をしているのだろうか。J・J・サントスは二十メートルほど離れたところに停め、車のヘッドライトを上げて点滅させた。女の子は気がつき、メルセデスベンツを見て、話をしていたフォルクスワーゲンの男を置き去りにした。肉体は完璧に均整がとれていて、体を揺り動かしながら地面に足を下ろすとき、身体の筋肉で体重を分散させて、ゆっくりと歩いてきた。

彼女はドアから顔を突っ込み、こんにちは、と言った。彼女の顔はとても若かったが、声は成熟していた。

自分がそこに停まっているのを誰かが見ていないか心配しながら周囲を見回して、やあ、乗って、とJ・J・サントスは言った。

女の子が乗ると、J・J・サントスは車を走らせた。

何歳なの？　とJ・J・サントスが訊いた。

十六歳と女の子が答えた。

十六歳か、とJ・J・サントスが言った。

バカね、なんか問題でもあるの？　私はあなたと行かなければ、別の人と行くわ。

気を落ち着かせてから、名前は？　とJ・J・サントスは訊いた。

ヴィヴェッカ。

俺がいたのは同じ街の反対側だった。

私の名前はマリア・アメリアよ。プリンセスって呼ばないで、なんておかしいの！　と金髪女が文句をつけた。

そうかい、と俺は言った。

あなたは下品で、ふざけていて、無知だわ。

そうかもね。飛び下りたい？

どういう意味？

逃げたい？　逃げたら？

話し方もわからないの？

そうだよ。

バカじゃないの！　金髪女はすべての歯を輝かせながら、楽しそうに大笑いした。

俺も笑った。俺たちは互いに興味を持った。俺は金持ちの女に目が無かった。

結局、あなたの名前は何なの？　パウロ、マンドラーキ、ピカソ？

質問はそれじゃないんだろ、と俺は言った。つまり、あなたは誰なの？　と俺に訊かないと。

じゃあ、あなたは誰なの？

わからない、と俺は答えた。

パラノイアがCクラスの男も攻撃している！　と金髪女が言った。

Ｊ・Ｊ・サントスはバハ地区がホテルだらけであることを知っていた。そのうちのどれにも行ったことはなかったが話には聞いていた。そして、一番有名なホテルへと向かった。

プレジデンシャル・スイートを選んだ。

プレジデンシャル・スイートにはプール、カラーテレビ、ラジオ、ダイニングルームがあり、寝室はシャンデリアで飾られ、すべて鏡張りだった。

Ｊ・Ｊ・サントスは感激した。

何か飲みたい？　と彼は女の子に訊いた。

ガラナと彼女は控えめに答えた。

ボーイがガラナとシーヴァス・リーガルを持ってきた。

Ｊ・Ｊ・サントスは一口飲むと上着を脱ぎ、シャワーを浴びるからゆっくりしていて、と言った。

シャワー室から出ると、女の子は裸で、うつ伏せになってベッドに横たわっていた。

Ｊ・Ｊ・サントスも服を脱ぎ、彼女のそばに横たわり、彼女を愛撫しながら鏡を見ていた。

すると、彼女は向きを変え、唇に笑みを浮かべながら、仰向けになった。

女の子ではなかった。男だったのだ。ペニスが立ち、脅すように硬くなっているのが何枚もの鏡に映っていた。

J・J・サントスはベッドから飛び下りた。

ヴィヴェッカは再びうつ伏せになった。顔を向け、J・Jと目を合わせて、あなた私が欲しくないの？ と甘い声で訊いた。

こ、厚顔無恥の、だ、男色野郎、と言って、J・J・サントスは自分の服をつかみ、シャワー室へ走り込んで素早く服に着替えた。

あなたは私が欲しくないの？ とヴィヴェッカはJ・J・サントスが部屋に戻ったときに、同じポジションのまま言った。J・J・サントスはあたふたと上着をはおり、ポケットから財布を取り出した。彼はいつも財布にかなりの額の金を入れていた。その日は五百紙幣で二千クルゼイロを所持していた。抜け目がない。身分証はあったが、金が消えていた。

金まで盗むのか！

何なの？ 何なの？ 私のことを泥棒呼ばわりするの？ 私は泥棒ではないわ、とベッドから立ち上がり、ヴィヴェッカが叫んだ。突然手からカミソリが現れた。私のことを泥棒呼ばわりするのね！　素早い動作で腕を切りつけると、一筋の血が肌にほとばしった。

J・Jは狼狽し、吐気と恐怖を催した。

そうよ、私はおかまよ、お・か・ま！　ヴィヴェッカは鏡とシャンデリアを全部壊してしまいそうな大声で叫んだ。

やめてくれ、とJ・J・サントスは怯えて懇願した。

私が何であるのかあなたは知っていて、すべてわかっていながら私をここに連れてきた。それなのに、屑のように私を侮辱して、とヴィヴェッカは腕にもう一度カミソリで切りつけながら泣きじゃくった。

俺は何も知らなかった、きみは化粧をしていて、その鬘をつけて女の子のように見えた。

これは鬘じゃないわ、私の髪の毛よ、あなたはどんな仕打ちを私にしているのかわかっているの？　もう一度切りつけたため、腕は血だらけになった。

やめるんだ、とJ・J・サントスは頼んだ。

やめない、やめない、やめないわ！　私のことを泥棒、泥棒、泥棒って呼んだ！　私は貧しいけれど正直者よ。あなたはお金があるから、他人は屑だと思っている。私は映画『黒い未亡人』のように、有力者を破滅させながら死にたいといつも思っていた。あなたは『黒い未亡人』を観たことがある？　とヴィヴェッカは尋ねながら、叫んだ力で浮き立った首の頸動脈にカミソリを近づけた。

赦してくれ、とJ・Jは頼んだ。

もう遅いわ、とヴィヴェッカが言った。


そんなことが起っている間、俺は一級の金髪女とアパートに着いた。彼女は肘掛け椅子に座り、良い雰囲気が二人の間に漂った、崇高な二人の人物は、互いに静かに近づいていった。

予告編をやってよ、と彼女が言った。

プリンセス、準備はいいかい、今まで見たこともないことだよ。

メディロス弁護士から電話があったのはその瞬間だった。

俺の顧客の銀行家J・Jが通りで小娘を拾って、ホテルへ連れて行き、そこに着いたら、それがおかまだと気がついた。そのおかまは俺の顧客から二千クルゼイロを盗んだ。二人は口論になり、そのおかまがカミソリを取り出して、一万クルゼイロくれなければ、自殺すると脅している。顧客が俺に金を頼んできて、今俺のところにある。俺たちは金を渡して、この問題にけりをつけたい。あんたには刑事事件の経験があるから、始末を頼みたい。警察沙汰は駄目だ、金は渡すから、すべて隠滅してほしい。事を跡形残さずに済ませてほしい、わかるよな？

わかりました、でも高くつきますよ、と俺は傍にいる金髪女を眺めながら言った。

わかっている、わかっている、金は十分に支払う。

J・Jとヴィヴェッカは海岸に停めたメルセデスの中にいた。

J・Jは運転席で死人のような青白い顔をしていた。その隣で、ヴィヴェッカが首筋のところでカミソリをしっかり留めていた。本当に少女のように見えた。

メルセデスの隣に俺の古い車を停めた。

メデイロス氏からの依頼だ、と俺は言った。

お金は持ってきたの？　とすかさずヴィヴェッカが訊いてきた。

用意するのが大変だった、今日は土曜日だから、と俺は丁重に詫びた。今から取りに行こう。

車のドアを開け、J・Jを外に引っ張りだした。

中に乗り込んで、歩道で驚いたままのJ・Jを残し、ドアを開けたまま急発進させた。

遠いの？　お金はどこにあるの？　とヴィヴェッカが訊いた。

かなりスピードを出しながら、近くだ、と俺は答えた。

私はすぐにお金が欲しいのよ、そうでないとバカなことをするわよ！　とヴィヴェッカは腕を切りつけながら叫んだ。その態度は淡々として、暴力的で、カミソリが軽く肌に触れるだけで、血は噴き出すから、騙されやすい人を怖がらせるには十分だった。

お願いだから、そんなことしないでくれよ。

バカなことをやってやる！　とヴィヴェッカは脅してきた。

こいつはリオのことをあまり知らないに違いない、だから、警察署がどこにあるかなんて知らないだろう。レブロンの警察署の入口で、二人の警察官が話をしていた。彼らを轢いてしまうくらいのところで急ブレーキをかけ、気をつけろ、おかまがカミソリで武装している！　と俺は叫びながら外に飛び出した。

ヴィヴェッカも車から飛び下りた。その状況は彼を混乱させた。警察官の一人が近づいたため、ヴィヴェッカは彼の手を切りつけ、殴った。警察官は一歩後ろに下がり、ベルトから四十五口径の拳銃を取り出し、そのカミソリを捨てるんだ、さもなければお前は死ぬぞ、と言った。ヴィヴェッカはよろめいた。近づいてきた別の警察官がヴィヴェッカの腹に蹴りを入れ、彼は床に倒れた。

全員で警察署の中に入った。五人くらいの警察官が俺たちを囲んだ。

ヴィヴェッカは泣いていた。

ここにいるすべての警察官に私は赦しを乞います。特に、ケガをさせてしまったその若い警察官に申し訳なく思っています。そうよ、わたしは男よ、子供の頃から、母親が私に女の子の洋服を着せていたの、私はいつも人形で遊ぶのが好きだった。私はジョルジという名前の男よ、でも私の心は女性で、女性でないから子供が産めないことに苦しんでいる。私は不幸な女。それで、メルセデスの男が私を海岸で捕まえて、そこの少年、私と一緒においで、と言ったの。私は少年ではないわ、私は女性よ、と答えたの。すると彼が、女性だなんてとんでもない、すぐに入りなさい、今日は別の用事があるから、と彼が言ったの。五百クルゼイロを渡すからって。私には養わなくてはならない母と祖母がいるから、だから私はついて行ったの。そして着いたら、私とあらゆる不道徳なことをした後に、彼は私を殴り、私をカミソリで切り始めた。だから、私はそのカミソリを掴んで、五百クルゼイロをくれないのなら自殺するって言ったの。彼が持っていないと言って、友人に電話を掛けたら、この男が現れて、私にお金を渡すと言ったのよ。それなのに、ここに連れて来たから、取り乱してしまったの、ごめんなさい。私はデリケートな人間だから、私に対するひどい行為や悪意に理性を失ってしまったの。

不信感を抱いた警察官が俺に、あなたの顧客の名前は何ですか？　と訊いてきた。

言えません。彼は何の罪も犯していません。こいつが嘘をついているんだ、と俺は言った。

実を言うと、何の確信もなかったが、顧客は顧客だ。

私が嘘をついているですって！　と言って涙がヴィヴェッカの化粧の上に流れ落ちた。私が貧乏で弱くて、相手が金持ちで強いから、私を非難するの？　と咽び泣きながら、ヴィヴェッカは叫んだ。

ここでは金持ちだからといって指図することはできない、と警察官の一人が言った。

その車は？　とケガをした警察官が混乱の中で言った。幸いなことに誰も聞いていなかった。

俺の車だ、昨日買ったけれど、まだ自分の名義にしていない、とその警察官が一枚の紙に書き留めていたときに言った。

署長を待とう、とその警察官が言った。

こいつは俺の顧客から二千クルゼイロを盗んだ。こいつの体のどこかに隠しているに違いない、と俺は言った。

私を調べてもいいわよ、さあ、調べなさいよ！　とヴィヴェッカが腕を広げて挑発した。どの警察官もヴィヴェッカを調べたがらないように見えた。その時俺はひらめいた。ヴィヴェッカの髪の毛をつかみ、力ずくで引っ張った。髪の毛が俺の手の中で外れ、四束の五百紙幣が宙に舞って、床に落ちた。

こいつが俺の顧客から奪ったのはこの金だ、とほっとしながら俺は言った。

彼が私にくれたのよ、私にくれたのは彼よ、誓うわ、とヴィヴェッカはまったく説得力もなく言った。

ヴィヴェッカを留置所に入れる前に、二本の腕にたくさんの古い傷跡があるのを警察官は見た。巧妙な手口を何度も使ったに違いなかった。

あなたは署長を待たなくてはなりません、とケガをした警察官が言った。

彼に俺の名刺を渡した。後で戻ってくるからいいかい？　それからもう一つ、俺たちは金を見つけることができなかったことにするんだ。俺の客は困らない。

今日でないなら、別の時にお話ししましょう、と別の警察官が言った。彼に目を向けると、話のわかる奴だった。

じゃあ、そういうことで。何かあったら電話してください、と俺は言った。

メルセデスに飛び乗って走り去った。ホテルに着き、支配人を呼んだ。俺はポケットに入れていた二十束の五百紙幣のうち、二束をつかみ、その支配人に渡し、二時間前にここにいた利用客の記録が見たい、と言った。

それはできない、と彼は言った。

もう二束を彼に渡し、そいつは俺の客だ、と俺は言った。

騒ぎはこまります！

だったら、すぐにその記入カードを渡すんだ、そうしなければ、いつまでも騒ぎ続けるぞ、彼と一緒に居たのは未成年だったから、おまえさんも困るんじゃないかな。

支配人はカードを持ってきた。そこに、フルネームでJ・Jの名前があった。職業は銀行家。銀行家か、なんて皮肉なんだ、それとも想像力が欠けているのだろうか？　もう一つのカードにはヴィヴェッカ・リンジフォルズ、住所ノーヴァ・イグアスと書いてあった。奴は一体どこでこの名前を手に入れたんだ？　俺はその二枚のカードをポケットに入れた。急いで家に戻った。あの高級車で。金曜日の日付で俺の名前に名義変更しないといけない、俺の顧客を守るために……。家に着くと、プリンセス！　戻ってきたよ、と俺は叫びながら入った。しかし金髪女は消えていた。金で一杯のポケット、玄関にはメルセデス、だからなんなんだ？　悲しくて不幸だった。あの金持ちの金髪女に再会することはないだろう、俺にはわかっていた。

8　他者

毎日オフィスに朝八時半に出社していた。車を建物の入口に停めて、飛び下り、十歩から十五歩で中へ入る。

重役がみなそうするように、午前中は電話をかけたり、報告書を読んだり、秘書にレターを口述させたり、問題に苛立ったりして過ごす。昼食の時間が近づくと、俺はさらに精力的に仕事をこなした。しかし、何の有益なこともしていないと常々感じていた。

昼食は一時間、ときには一時間半かけて近くのレストランでとり、オフィスへ戻った。

五十本以上の電話をする日もあった。レターもあまりに多いので、秘書、あるいはアシスタントの一人が俺の代わりにサインをしていた。そしていつも一日の終わりになると、すべきことのすべては終えられなかったと感じていた。時間の流れに逆らっていた。週の途中に休日があると、時間が少なくなるからイライラした。家に毎日仕事を持ち帰っていた。自宅の方が生産的であるし、電話もそれほど多くかかってこなかったからだ。

ある日から、強い頻脈を感じるようになった。その日の朝、オフィスに着くと、歩道から俺に向かって、〝ドトール、ドトール、あなたは私のことを助けてくださいますか？〟と言いながら入口まで俺についてくる一人の男が現れた。彼に小銭を少し渡して中に入った。その後、サンパウロに電話をしていた時に、心臓の鼓動が鳴りだした。数分間、心臓は強いリズムで打ち続け、疲れ果てて、鎮まるまでソファーに横になった。眩暈がして、汗をかき、ほとんど失神しそうだった。

その日の午後、心臓病の専門医のところへ行った。医者は心筋検査をするための心電図を含め、詳細な検査を行った。検査の終わりに、体重を減らして生活習慣を変えるように言われた。何だか滑稽に思えた。医者はしばらくの間、仕事を休むように勧めた。それは無理だと俺は言った。最後に、食事療法を処方され、少なくとも一日二回歩くように言われた。翌日、昼食の時間に、医者から助言されたように歩くために外に出ると、前日と同じ人物が現れて、俺を立ち止まらせ、金を求めた。長い栗色の髪の毛をした、たくましい白人だった。彼に金を少し渡して、そのまま歩き続けた。

医者は、もし俺が気をつけなければ、いつでも心筋梗塞が起こる可能性があると率直に言っていた。その日、精神安定剤を二錠飲んだが、それだけでは完全に緊張は解けなかった。夜は家に仕事を持ち帰らなかった。しかし、時間は過ぎなかった。本を読もうとしたが、俺の頭は別の場所、オフィスにあった。テレビをつけたが、十分以上耐えることができなかった。夕食後、再び歩きに出かけ、それから肘掛け椅子に座って、新聞を読んでみたけれどイライラして辛抱できなかった。

昼食の時間に、また同じ彼が現れ、俺に並んで歩き、金を要求してきた。〝それにしても、毎日か？〟と訊くと、〝ドトール、母が死にそうなんです、薬が必要です、この世の中にあなた以外に、良い人を知らないのです〟俺は彼に百クルゼイロを渡した。

数日間、その男はいなくなった。ある日、昼食の時間に歩いていると、彼が俺の隣に突然現れた。〝ドトール、母が死にました〟俺は足を止めることなく、急ぎ足のまま、〝ご愁傷様〟と答えた。彼は歩幅を広げ、俺の隣を維持し、〝死んでしまいました〟と言った。

彼から解放されたくて、ほとんど走るかのように足早に歩いた。しかし、彼は俺の後ろから走ってきて、母親の棺を自分の手の上に載せているかのように、力一杯二本の腕を伸ばしながら、〝死んだ、死んだ、死んだ〟と言った。ついに、俺は喘ぎながら立ち止まり、〝いくらだ？〟と訊いた。彼は五千クルゼイロで母親を埋葬していた。なぜだかわからないが、俺はポケットから小切手帳を取り出して、通りで立ったまま、その金額を小切手に記入した。俺の手は震えていた。〝もうたくさんだ！〟と俺は言った。

翌日、俺は散歩のための外出をしなかった。オフィスで昼食をとった。ひどい一日で、すべてのことがうまくいかなかった。書類を保管したはずの場所で見つけることができなかったり、重要な入札に僅差で負けたり、資金計画を間違えたことで、複雑な予算計画を新たに急いでやり直す必要が出てしまったりした。夜、精神安定剤を飲んだが、ほとんど眠ることができなかった。

朝、オフィスへ行った。いろいろなことが改善している気がした。そこで、正午になると、外出して散歩をすることにした。

しかし、角の見えない所で隠れて立ち、俺を見張って、俺が通り過ぎるのを待つ、あの金を要求してくる男の姿を見た。俺は向きを変え、逆方向に歩いた。しかし、すぐあとで、誰かが俺の後ろからついてくる、歩道を叩く靴の音が聞こえてきた。歩みを速めたが、心臓が締め付けられるのを感じ、自分が誰かから追跡されているような、挑もうとしていたものに対する恐怖のような子供時代の感情が沸き起った。まさにその瞬間、彼が俺のところまで来て、〝ドトール、ドトール、ドトール〟と言った。立ち止まらず、〝今度は何だ？〟と俺は言った。俺に肩を並べ続けながら、〝ドトール、ドトール、あなたは私を助けなくてはなりません、私にはこの世に誰もいないのです〟と言った。〝仕事を見つけるんだ〟と俺は声にできるだけの威圧感をもたせて答えた。〝私は何もすることができません、あなたは私を助けなくてはなりません〟と言った。俺たちは通りを走った。周囲の人たちが俺たちを変な目で見ているように感じられた。〝私はお前を助ける必要なんかまったくない〟と返事をした。〝必要あります。そうしなければ、あなたはどんな目に遭うかわかりませんよ〟と彼は俺の腕にしがみつき、俺を見た。冷笑を浮かべ、復讐心に満ちた彼の顔を初めて見た。俺の心臓は興奮と疲労で激しく鼓動した。〝これが最後だ〟と俺は立ち止まり、いくら渡したか覚えていないが、彼に金を与えながら言った。

しかし、それは最後ではなかった。毎日彼は俺のところへ現れ、俺に肩を並べて、俺の健康に害を加えながら、決してそうではないのに、ドトール、これが最後です、と言って繰り返し懇願し、脅迫した。血圧がさらに上がり、俺の心臓は彼のことを考えるだけでバクバクした。俺はこれ以上そいつの顔を見たくなかった。彼が貧しいことに自分に何の咎があるというのだろうか？

しばらくの間仕事を休むことにした。執行部の同僚に相談して、二カ月間の欠勤を了承してもらった。

最初の一週間は苦しかった。突然仕事を休むということは容易なことではなかった。何をしたら良いかわからず絶望的になった。しかし、すぐに慣れた。食欲が増した。良く眠るようになり、タバコの量も減った。テレビを見て、本を読み、夕食の後、以前の二倍の距離を歩き、自分が最高の状態にあるように感じた。俺は穏やかな男に変わり、生活習慣を変えることを真剣に考え、これまでのように仕事をするのはやめることにした。

しかし、あいつ、あの乞食が再び不意に現れたのは、俺がいつもの散歩に出かけようとしていたときだった。地獄だ、どうやって彼は俺の住所を見つけ出したのであろうか。

〝ドトール、私を見捨てないでください！〟彼の声は戸惑い、後悔しているかのようだった。〝私にはこの世に誰もいないのです、そんな風に私を扱わないでください、私はお金が必要なんです。これが最後だと誓います〟と彼は俺の背中に自分の体を傾け、俺とともに歩きながら言った。彼の酸っぱくて悪臭を放つ貪欲な息を感じた。彼は俺より背が高く、たくましく、脅迫的だった。

俺が自宅の方へ向かうと、彼もついてきた。顔を俺の方に向け、珍しそうに、疑い深く、執拗に家に着くまで俺を見張っていた。〝ここで待つんだ〟と俺は言った。

玄関を閉め、自分の部屋へ行った。戻って玄関を開けた。彼は俺を見ると、〝そんなことしないでください、ドトール、私にはこの世にあなたしかいないんです〟と言った。彼は話し終えなかった、あるいは話していたとしても、ピストルの発砲音で、俺には聞こえなかった。彼は地面に倒れた。ほっそりして、顔に吹き出物のある少年だった。その顔は、流れる血では覆い隠せないほど蒼白だった。

9　若き作家の苦難

その日は朝から変だった。海岸へ行った時だった。俺は海を見ることもできず、どこか調子が悪くて、目を閉じたままアトランチカ通りを横切ると、体の向きを変え、目を開き、座る場所が見つかるまで海岸を背後に、砂の上を歩いた。それから、海に背を向けて座った。通りを横切ろうとした時、一台の車が俺を轢くような、そんな恐怖を感じ、目を開けた。車などどこにもなかったが、海を見て、まさにその歩道で、たったの一秒であったが、青緑色のあの身の毛のよだつような塊のダンテ的光景の悲惨な一瞬は、俺に汗と吐き気を催させる緊張感を与えるには十分だった。その発作が止んでから、帰宅し、ショートパンツを脱いで、憔悴してベッドに横たわったが、すぐにチャイムが鳴り、玄関の覗き穴から見ると、暗い廊下に頭巾を被った一人の人物がいるのが見えた。リジアが旅行中で一人だったので動揺した。俺を狙うただの泥棒か、あるいは、街の治安が良くないから、殺人者かもしれなかった。警察へ電話をかけようとしたが、電話が故障していた。頭巾を被った人物が執拗にチャイムを鳴らしたので、俺の神経をすり減らした。助けてくれ！　と俺は窓から叫んだが、恐怖で小声になってしまったし、通りの騒音が、俺の声が人々に届くのを妨げたのか、誰も気に留めなかった。チャイムが鳴り続け、頭巾を被った人物は立ち去ろうとせず、俺は家の中で裸でいて、どうしたらいいのかわからず、恐怖で青ざめていた。台所に大きな包丁があるのを思い出した。ドアを開け、脅かす様に包丁をかざした。しかし、そこに立っていたのは一人の年老いた修道女であった。修道女が頭に被るあの黒い頭巾をかぶっていただけだった。俺の勘違いだった。俺の裸の姿と手にしていた包丁を見て、その修道女は叫びながら廊下を走り去った。ほっとして、ドアを閉め、ベッドに戻ったが、しばらくすると、またチャイムが鳴った。警察だった。ドアを開けると、警察官が月曜日に出頭するようにと、出頭命令書を俺に渡した。修道女による苦情で、彼女が孤児のための施しを頼もうと俺の家の玄関を鳴らすと、殺すと脅かされたと供述したのだった。裸で行動するなんて、恥ずかしくないのですか？　と警察官は訊いた。信じられない、自分の家の中でも裸で過ごせないのか。日曜日は、もっと大変だった。不意にリジアが戻ってきて、俺が女の子と映画館で一緒にいるのを見られたのだ。上映中にその場で彼女は俺に殴りかかり、スキャンダルになった。俺は頭を二十針も縫った。これ以上、きみとは暮らせない、きみが俺にしたことを見てみろ、と彼女が病院に俺を迎えに来たときに言った。すると、彼女はバッグを開け、一丁の黒い大きな拳銃を見せた。他の女のことで私を騙すのなら、私はあなたを殺すと言った。混乱は随分前から始まっていた。俺がアカデミーの詩の部門で受賞した時、俺の写真が新聞に掲載されたので、俺は瞬く間に有名になり、腕には女たちが群がるだろうと考えていた。時が経っても、そんなことはまったく起らなかった。俺はある日、眼科で受付の女性に、職業は〝物書き〟だと伝えたのに、彼女は〝物売り？〟と訊いた。俺の名声は二十四時間しかもたなかったというわけだ。そこに現れたのがリジアだった。彼女は熱狂的に興奮して俺のアパートを訪ねて来て、あなたの住所を探すのがどんなに大変だったか、あなたにはわからないでしょう、ああ、私のアイドル！　私のことをあなたは好きなようにしていいのよと言った。俺は感激し、世間は俺の成功を無視していたが、この女性は遠くから俺の足元にひれ伏すために来たのだ。ベッドに行く前に、彼女はこうドラマチックに言った。あなたのために私の純潔と若さの宝を守ってきたの、私はとても幸せよ。結局、彼女は行くところがなかったから、俺のアパートに居続けることになった。俺のために料理をし、下手なお針子だったが、外で針仕事をして働き、家の片付けをして、俺が執筆していた長編小説のタイプを打ち、自分の金でスーパーで買い物をした。家事はかなり上手だった。うんざりしたのは、俺に一日八時間小説を書くよう強要したことだ。彼女はタイプを急いで打ちながら、俺にどんどん口述するように言った。もう一つは、飲酒をコントロールしたことだった。作家というのは酒を飲むものだと言ったら、マシャード・ジ・アシス〔ブラジル文学アカデミーの創設者の一人であり、初代会長に就いたブラジルの文豪マシャード・ジ・アシス（一八三九—一九〇八年）。マシャードの文学作品の舞台はリオデジャネイロである〕は飲まなかったから、それは嘘だと言った。わたしのおかげで、あなたは貧乏で不幸なアルコール中毒者にならずにすんでいる、と言った。俺はそうしたすべてを我慢した。しかし、彼女が俺の頭を叩いたとき、彼女から撃たれる前に、彼女をここから追い出すようなんとかしなくてはならないと考えた。そのためには、どんな罰を受けようとブラジル人なら絶対取らない方法だったが、不能の振りをすれば良いとひらめいた。俺はあまりに絶望していたので、通りを歩いている時に、リジアがあの大きな骨ばった指で俺を差しながら、あそこにアカデミーで受賞したけれど不能な人が歩いている、と世間に言いふらす危険を覚悟した。リジアに伝えると、彼女は俺を医者のところに引っぱって行き、こう言った。先生、不能になるには彼はとても若いわ、先生はどう思いますか？　ウイルス感染か回虫によるものかしら？　先生にすべての検査をしてもらいたいの。すると医者は俺を見て言った、あなたはアカデミーで受賞しませんでしたか？　人生とはこんなもんだ。俺たちは帰宅して横になった。リジアが寝るとすぐに俺は起き上がり、彼女のバッグから拳銃を取り出して、ゴミ捨て場に捨てようとした。ところが、住んでいた建物は古かったので、ゴミ捨て場がなかった。俺は拳銃を手にしたまま、マルセル・プルーストのイメージが頭に浮かんできた。薄い顎鬚、襟元に刺した花、雲に向かって傘を振り回しながら、ズドーン、ズドーン、ズドーン！　と叫ぶ。結局、家を出て、拳銃を通りの排水溝に捨てることにした。すでに夜も更けて、俺が排水溝に身を屈めて、隙間に拳銃を突っ込もうとしていると、小型ナイフを手にした黒人が現れ、俺に金と腕時計を渡さなければ、お前を突き刺すぞと言った。なんてこった、寝ている時でも腕から外さない、六カ月で一秒しか遅れない日本製のクォーツの腕時計なのに！　俺は立ち上がった。その時、その黒人は俺の手に拳銃があることに気づき、慌てて後退したが、時すでに遅し、俺は引き金を引き、バン！　黒人は地面に倒れた。黒人を殺してしまった、黒人を殺してしまった、と呟きながら、家に走って戻った。俺の雑多な頭の中では、ジョイスが妹に向かって、聖職者の服を着たまま神父が埋葬されることもあるのだろうか、十月中にダブリンで市長選が実施されるだろうか、と訊いていた。その妄想は自分の部屋に戻るまで続き、手にはまだ拳銃を持っていた、ズドーン、ズドーン、ズドーン！　どうしたら良いのかわからずに、リジアのバッグに拳銃を戻した。その晩は眠れずに過ぎた。リジアが目を覚ました時に、俺を殺しても良いが、その前に俺は出ていくと言って、着替え始めた。するとリジアは俺の足下に跪き、私を見捨てないで、黒髪にポマードをつけてセットするのが流行だから、他の女性たちからモテるわよ、それに私たちは互いに必要な存在、私がいなければその小説は決して終わらないのよ、もしあなたが私を見捨てるのなら、別れのひどい手紙を残して自殺するわ、と言った。俺は彼女をよく見て、リジアが言っていることはまったく本当だと思った。そして、すぐに疑問を抱いた。若い作家にとって何が良いのだろうか、アカデミーの賞なのだろうか、別れの手紙を残して絶望的な愛情表現で男に罪をきせて自殺する女なのだろうか。俺にとって、その小説はもう終わったんだと言って、嘲笑し、大きな音を立ててドアを閉めて家を出た。しばらくの間廊下で立ち止まり、リジアがドアを開け、喧嘩するときには彼女がいつもするように、俺を呼ぶのを待っていた。しかし、その日はそれが起こらなかった。俺は戻りたかった。孤独を感じていた。それに、さっきの黒人の死も心配だった。だが、前に進み、通りを歩き、ビールを飲みにバーへ入った。テーブルの隣に一人の女性がいたので、彼女に向かって微笑んだ。彼女も微笑み返してきて、俺たちはすぐに同じテーブルに座った。看護学校の学生だったが、映画や詩に関心があった。フェルナンド・ペソア、ドゥルモン、カモンイス（叙情詩）、それにフェリーニ、ゴダール、ブニュエル、ベルグマンといったよく知られたあの面々、いつも同じだった、くそっ、またか。もちろん、そのおバカな娘は俺のことを知らなかった。作家だと伝えると、彼女の顔が期待で輝きだしたことに気がついた。しかし、俺が名前を言うとがっかりして、何ですって？　と訊き返すので、俺は繰り返して言ったけれど、彼女は苦笑して、一度も聞いたことがないと言った。一緒にカイピリーニャを飲んだ。俺の頭の中で心地よい靄がかかり、あのすべてを生きた、とコンラッドが言っていた。あなたは何を書いているの？とその娘が質問を繰り返した。人間について、俺の物語は死ぬことのできない人々のことだと言った、俺たちはさらに数杯のカイピリーニャを飲んだ。その看護学生は、私も恋愛ものを書くのよと言った。夜も更けたので、俺は自宅に向かい、よろめきながら家に入り、寝ていたリジアに向かって、俺たちが書いている物語は恋愛ものなのだろうか？　と訊いた、しかし、リジアは答えず、深い眠りについていた。その時、ベッドサイドテーブルの上に精神安定剤の空になった小瓶とメモを見つけた。ジョゼ、さようなら、あなたなしには生きることができない、あなたの責任にはしません。神様がいつかあなたを優れた作家にしてくれることを願っています、難しいと思いますが。あなたがたとえ不能でも私はあなたと生きることができます、でもこのことについても、不幸でかわいそうなあなたに責任はありません。リジア・カステーロ・ブランコ　俺はリジアを精一杯ゆすったが、彼女は昏睡状態だった。電話をかけようとしたが、電話は故障していた、ズドーン、ズドーン、ギュスターヴの至言、走って階段を降り、電話ボックスに着くと、公衆電話のコインを持っていないことに気がついた、もうすべて閉まっている時間だった。すると突然、地獄だ！　強盗が現れたのだ、くそっ、卑劣な奴め、だが、いや、そうじゃない、その強盗のことを知っていた、俺が撃った黒人だった、奴は生きていた！　奴も俺だとわかって、逃げ出した。おそらくもう一発撃たれるのが怖かったのだろう。俺は、おい、おい、お前さん、公衆電話のコインを持っていないかい？　妻の具合が悪いんだ、救急病院に電話をしなくちゃならない、と叫びながら奴を追いかけた。奴が立ち止まるまで、俺たちは数千メートルを走った。奴は苦しそうに息をして、栄養失調と病気で、うまく話すことができなかった。お願いだから撃たないでくれ、結婚していて、養わなきゃならない子供たちがいるんだ。公衆電話のコインが欲しい、と俺は言った。奴はコインを一枚持っていて、俺に貸してくれたが、ナイロンの糸で縛られていた。救急病院に電話をかけて、縛っていたコインが戻るように引っ張り出して、その泥棒に返して、人道的に俺を助けるために、俺の家まで来てくれないか、と訊いた。一緒に向かった。エネアスというその泥棒がコーヒーを入れている間、俺は人生を嘆いていた。悪く考えない方がいいけれど、あんたの奥さんは死んでしまったと思うよ、とエネアスは言った。救急車が到着し、医者はリジアを調べ、警察に知らせた。何もいじってはいけない、こういう自殺の場合には通報しなくてはならない、と言って不審な目で俺を見た。メモをすべて読んだのだろうか？　警察の言うことに耳を傾けていると、エネアスがもう行かなくてはなりません、わかってもらえますよね、とてもお気の毒です、そう言って、俺と遺体を残して去ってしまった。少し泣いた。実を言えば、本当にちょっとだけ泣いた。感情が欠けていたからではなく、俺の頭は他のところにあったからだ。タイプライターの前に座った。「ジョゼ、私の愛する人、さようなら。私が彼に尽くしたような情熱と同じくらい、私を愛するよう彼に強要することはできない。

私はあなたを取り巻いて、あなたを誘惑しようとするすべての美しい女たちに嫉妬する」

「あなたが大切な小説を書いているその時間に嫉妬する。ああ、そうよ、私の人生の愛する人、作家には作品を生み出すための孤独が必要であることはわかっている、でも、夢中になっている女としての私のつまらない感情が、あなたが他の女や他の物事と共有することに辛抱できない。私の愛する人、一緒に過ごしたあの時間はなんて素晴らしかったことでしょう！　間違いなく一級の作品になるその一冊を書き終えるのに立ち会うことができないなんて残念。さようなら、さようなら、私を愛してほしい、私のことを覚えていて、私を赦して、死者の日には私の墓にバラを一本置いて。あなたのリジア・カステーロ・ブランコ」リジアの丸っこい字をまねて俺はサインをして、ベッドサイドテーブルにその手紙を置き、それから、彼女が書いた手紙を手に取り、それを破いて、小さな紙切れを火で燃やし、灰を便器に捨てた。不能のヘボ作家、くそっ！　彼女がそんな風に俺を呼ぶなんて、俺が一体何をしたと言うのか？　俺は優しく、激しく愛した、そうだろう？　そう考えながら、冷蔵庫へ行き、ビールを一本取った。リジアを配慮と尊敬の念で大事にしていた、そうではなかったか？　どちらかが、どちらかを支配していたとすれば、俺を支配していたのは彼女であり、彼女は自由で、俺に運動やダイエット、飲酒を止めることを強要していた。俺はもう一度立ち上がり、もう一本ビールを手に取った——彼女は俺が偉大な作家になるのは難しい、と言っていた——俺がやったことは何だったのだろうか？　俺が愛したから、彼女は睡眠薬を飲み、誹謗中傷の手紙を残して、俺をひどい目にあわせようとしている——もう一本ビールを手に取り、ベッドにいるリジアを見た、今、彼女の顔は穏やかだ——彼女は美しい、青白く、化粧もせず、顔にはしみがあり、唇は緩んでいる、まさにこういう時、彼女は美しかった——立ち上がり、もう一本ビールを飲んだ——可哀想なリジア、どうして、きみは作家と関わったりしたんだ？——彼女の側に近づいて、硬直して冷たくなり始めている肩を支え、ねぇ、ねぇ？　どうして作家と関わったりしたんだ？　作家というのはむかつくほどエゴイストだ、女性を自分の奴隷のように扱う、きみは俺たちを養うために稼いで、俺は哲学を生み出していた、ねぇ、どうしてなんだ？——立ち上がり、もう一本、ビールを手に取った、リジアの傍に戻った、というのも、まだ話が終わっていなかったからだ——そして続けた。俺たちは人生を捨ててしまった、二人は一人だけなのかもしれない、無知で期待を抱く可哀想な二人——この時、リジアの胸が、彼女が息をしているかのように確かに膨れた——愛する人よ、蛆虫がきみを食べるだろう——もう一本、ビールを飲んだ、ズドーン、なんてたくさんのビールがあるんだ、それが主婦というものだ――蛆虫がきみを食べるだろう、きみにこの真実を知ってほしい――この時、俺の酔っぱらった頭は機能しなくなり、何を言ったらよいのかわからず、醜く冷たい遺体の傍に寄り添った――耐えがたい嫌悪感で彼女の唇に口づけをした――冷蔵庫へ行き、最後のビール瓶を手に取った。結局、彼女はたいした主婦ではなかった、俺の喉の渇きは癒えなかったのだから――この時、警察が到着した。二人の男で、一人はすぐに俺が誰なのか訊ね、もう一人は手紙を手にした。二人で読んで、俺には目もくれず、それまでの会話を続けた――そして一人が、彼女は神経質だったか、と訊いた――さらに、理解できないような質問をしてきた。時間が経過せず、俺は眠かった。もう一人が電話は故障しているのか、我々は鑑識官を呼ばなくてはならない、と言った。すると、もう一人が、こんなつまらない奴のために死ぬなんて、女はバカだな、と言って、カーラジオで鑑識官を呼ぶために外に出て行き、残ったほうはゆったりとタバコをくゆらせていた。息苦しい朝だった――窓の外を見ると、全てのマンションの煙突から大気中に白煙が出ており、煙の立つ多数のゴミ捨て場からは、邪悪な天使のように、大気を通して捨てられたゴミが返されてきた――俺の体は確かにつまらないものかもしれない、でもこれは俺のものだ、俺の雑多な思考のように。その時、鑑識官が、カメラ、メモ用のノート、メジャーを携帯して到着した――さらに、夏服のエレガントであるが、貧相に見える制服を着ていた二人の男が到着し、リジアの体をアルミニウム製の箱に入れ、彼女を蛆虫のところに運んで行った――可哀想に、きみも死ぬことを学ばなかったね。リーダー格の警察官が俺に翌日に出頭して証言するよう通告した。遺体は死体解剖された後、俺に委ねられるだろう――何のために？――リジアの手紙を持って、彼らは行ってしまった。翌日の新聞を想像した。美しい女性が若い作家のために自殺する――若くて著名な作家は、新聞のインタビューで、起ったことに対して自分には何の責任もない、可哀想で気がふれた女性の死を残念に思っており、これが言うことのできるすべてだ、と答えている――新聞のルポルタージュは、若い作家のために恋愛問題で自殺した女性は初めてではないことを明らかにした。二年前にミナス・ジェライス州でも起きていた――いや、ミナス・ジェライス州ではだめだ、リオのほうがいい――二年前、リオデジャネイロで人類学を専攻するフランス人の女子大生が――雑多な思考はもうたくさんだと思い、家を出て、バーへ行った。隣のテーブルに二人の女の子が座ったのは、三杯目のカイピリーニャを飲んでいたときだった。そのうちの一人がすぐに俺に、こんにちは、と声をかけてきた。こんにちは、と俺も挨拶をして、グラスを持って、テーブルを移った。一人はテレビ広告のモデルで、もう一人は何もしていなかった。あなたは何をしているの？　私は女性殺しだ——そう言えたかもしれないが、俺は作家だと答えた。でも、殺人者よりひどいもんだよ。作家というのは数カ月だけ愛人にするには良いけれど、生涯にわたるとなると、反吐が出るほどひどい夫になる——あなたはどうやって女性たちを殺すの？——毒だ、じわじわと効く無自覚の毒だ——何もしていない方の女の子はイリスという名前で、もう一人はスザーナという名前だった、スージーと呼んでね、と言っていた。そのあとのことは何も覚えていない、酔っぱらって、翌日は二日酔いで目が覚めた。まだ三十歳にもならないのに、四杯目のカイピリーニャを飲んだ後は、自分の書いたものが二重に見え、アルコール中毒ではないかと心配になり苦しんだ。そこで、外に出て、新聞を数紙買ったのだが、ウ・ジア紙だけが、リジアの死を取り上げていた。六頁目に「お針子がコパカバーナで自殺」というタイトルがあり、「お針子の連れが、彼女は神経症で苦しんでいたと言っている」と小さな字で書かれていた。警察署へ行ったが、書記が俺に応対するまで二時間待たされた。書記はタイプライターに紙をセットした。「供述者は、自殺者リジア・カステーロ・ブランコと夫婦同然に暮らしていたが、七月十四日、居住していたバラータ・ヒベイロ通り四百三十五番地、十二号室に彼女を残して、酒を飲みに外出した。数時間後に帰宅すると、当該リジアが昏睡状態にあったのに気づき救急車を呼んだ。到着後、医者はリジアの死を確認した。リジアは自殺を明らかにする手紙を残していた。医者に呼ばれた警察がその後すぐに現場に到着し、遺体は法医学研究所へ運ばれた」書記に命じられたところに署名をした。警察署で、新聞社のカメラマンが俺に、リジアの写真を持っていませんか、自殺ですよね？　と訊いてきた。異常な恋愛事件だ、どの新聞も触れていないけれど、彼女の手紙は感動的だ、と俺は言った。そのカメラマンは自分のことを、無学で、まだ見習いの、役に立たない駆け出しの新聞記者だ、と言った。だから、自分で取材ネタを集めており、彼女の名前と俺の名前を教えるよう訊いてきて、彼が俺の写真を様々な角度から撮っている傍ら、俺は、アカデミーで受賞した作家であり、今決定的な小説を書いているが、ブラジル文学は危機に瀕していて、ひどい作品ばかりだ、一体どこに愛と死という偉大なテーマがあるのだろうか？　と話した。翌日を期待しながら眠った。痩せてロマンチストで物思いに耽る謎めいた私の写真と、その下に「愛と死が本の中に見当たらない」というキャプションが強調され、すべてのことが新聞に掲載されていた。見出しには、「社交界の大物女性が有名作家への愛のために自殺。美しく、上流社会の大物女性として知られていたリジア・カステーロ・ブランコが、再び有名となったブラジル人の作家との破局の末、昨日自殺した」と書かれていた。心臓は満足で動悸が高鳴った。手紙は全文掲載され、リジアの写真の下に、「うら若き美しい女性が自殺、しかし、世間は無関心」と書かれていた。その記事は俺の本のことについても言及し、警察署での俺の発言を載せ、リジアについての優雅な経歴をでっちあげていた。幸いにも、そのジャーナリストは嘘つきだった。雑多な思考の中で、自分の仕事ぶりに叫び声をあげた。走って帰宅し、タイプライターの前に座り、たとえ、自分の小説をアンナ・グリゴーリエヴナ・カステーロ・ブランコ・スニートキナの存在なしでも、一息で終わらせる準備ができていた。しかし、一つの言葉も浮かばず、白いままの紙を眺めた。手を曲げたり、唇をかんだり、息を強く吐いたり、深呼吸したりしたが、何も浮かんでこなかった。そこで、自分が使っていたテクニックを思い出そうとした。つまり、リジアがタイプライターを打つ間に、俺が歩き回りながら言葉を発していたのだ。立ち上がって、同じプロセスを繰り返してみたが、まったく効果がなく、何か文章を叫んでみたり、走ったり、タイプライターの前に座ったり、素早く打ってみたり、立ち上がったり、歩いたり、文章を言ってみたり、座ったり、書いたり、立ち上がったり、言ってみたり、座ったり、歩いたり、座ったり、立ち上がってみたが、紙に書いた言葉は全く陳腐であることは自明だった。リジアがいれば、言葉はすぐに文字化されるので、言葉を読む必要がなかった。

そうだと俺は考えた。リジアがいるときは、俺が居間を歩きながら、彼女に言葉を投げかけ、その間に彼女はものすごい速さでタイプを叩き、俺は後で、翌日になることもあったけれど、できたものを確認するだけだった。そこで、書いているものを読まずに書こうとした。俺の思考が流れるままに。しかし、すべて耐えられないほどひどいものであることがわかった。そして、ぞっとしながらもすべてを理解した。震える手、冷たくなった心臓、リジアによってタイプされた紙を手に取り、書かれたものを読んだ。真実は残酷に、救いようもなく明らかであった。俺の小説を書いていたのは、お針子、どうしようもない偉大な作家の女奴隷リジアだったのだ。そこには真に俺の言葉など一つもなかった。書いていたのはすべて彼女だったのだ。それは偉大な小説になるはずのものだった。俺という若いアルコール中毒者は事実を何一つ理解していなかった。死にたい気持ちになって、ベッドに横たわった。そう、あのロシア人が言ったように、人生は俺に思索することを教えてくれたが、思索は俺に生き方を教えてはくれなかった。その時、チャイムが鳴り、ポケットに赤いハンカチを入れて、ルビーの指輪をはめ、ネクタイに真珠のピンをつけ、色のついたワイシャツ、ストライプの背広という風変わりな服装をした頭の禿げた男が入ってきて、探偵のジャコという名前だと自己紹介した後に、俺にリジアの名前を書くように求めた。

俺が書くと、彼は立ち去った。再びベッドに横になり、悲しく、空腹で、あまりに空腹だったので、起き上がって、バーへ行った。そこで何本ものビールを飲んで、俺の苦痛は和らいだ。家に戻り、リジアの小説を読み返した。修正すべきところはなにもない一級の出来栄えであり、そのまま出版できるほどであった。まだ終わっていないことを知っているのは彼女だけであり、そのことを知っているのは誰もいない。何かが欠けていると気づくかもしれないが、よく考えれば、こういうことではないだろうか？　リジアは本を終わらせることを望んでいたのであろうか？　その答えは簡単だ。リジアは決して終わらせようとしなかった。彼女が書いていた小説は俺と彼女を結びつけるためのものだったから、リジアはその本の終わりが俺たちの関係の終わりになると恐れていた。俺の雑多な思考の中で、リジアは自殺したくはなかったのだ、ただ、俺を驚かせたかったのだという確信が浮かんだ。自殺したければ、頭を撃っていただろう、彼女は完璧に武器を扱えた。なぜ、彼女は俺の薬など飲もうとしたのだろうか？　チャイムが鳴った、探偵のジャコだった、今度は別の色のスーツで、ネクタイには別のピンをつけていた。入ってきて、足が痛いから、靴を脱いでいいかと言いながら座った。彼は色のついた靴下をはき、足は香水で悪臭がした。ジャコがポケットに入れていた小瓶を開け、靴下の上から香水をまき散らしたときに、悪臭はさらにひどくなった。あなたは不利な状況にありますよ、専門家が死人のサインはあなたによって偽造されたことを証明しました。そして薬もあなたの名前の処方箋で購入されたものです。さらに、以前、あなたは何の理由もなく、あなたを不快にした修道女を殺そうと脅したこともあります。もはや暴力的な性質であることが証明されました。暴力？　と俺は反駁した。俺は寛大で優しい心をしている、あんたは俺のことを知らないと言って、俺は口を閉じた。というのもジャコが鼻の高さまで右足を上げ、臭いをかいだので、俺は最も嫌悪するのは足の臭さだと言った。あなたと死人はもめていましたよね、医者の証言もありますよ、と続けた。そして最後に、ジャコはポケットからホテル・カーザ・グランジと書かれた亀の絵が描かれた靴ベラを取り出し、足を注意深く靴の中に入れた――それに、警察署に二人の女の子が現れて、あなたが女性を何人か毒殺したとバーで話していたのを聞いた、と言っています。さあ、行きましょう。すべて説明できる、と俺は言った。だが、ジャコは俺の話を遮った。警察署で説明してください、行きましょう。俺は本を手に取り、奴と一緒に階下へ下りて行き、警察の車に乗った。俺の雑多な思考によると――殺人罪で起訴された有名な作家――列になって刑務所の柵を叩く出版社――大成功。

10　頼みごと

　ポルトガル人でやもめのアルバイトで生計を立てるアマデウ・サントスは二日間、入る勇気もなく、ジョアキン・ゴンサウベスの瓶の集積所を回った。しかし、その日は雨がかなり降り、アマデウはリウマチで脚が痛んで疲れていた。さらに慢性の気管支炎で咳が止まらなかった。

　アマデウはゴミ捨て場の奥にある、埃のたまった瓶が山積みになっている集積所へと歩いた。するとデスクに座っていたのはジョアキンだった。二人は子供の頃に一緒に移民してきた。アマデウは理由を覚えていなかったが、喧嘩して以来、五年もの間会っていなかった。アマデウはなぜだったのか忘れていたが、とにかく喧嘩中だった。おそらくジョアキンは覚えており、そのことでアマデウの来訪を苦々しく思うに違いなかった。

ジョアキンは古いライティングデスクに座り、茶色の包装紙の小片に、鉛筆で計算をしていた。頭の禿げた男で栗色の髪の毛には白髪が混ざっていた。ジョアキンはアマデウを見たが、すぐには彼だとわからなかった。アマデウは彼の記憶だと、たくましく、ハンサムな男であった。しかし、今彼の目の前にいる男は、見た目から窮乏と病気で苦しんでいることが明らかで、痩せて疲れ切った屑のように見えた。

ジョアキン、元気かい？　とアマデウは彼に手を伸ばす勇気も無く言った。

神の思し召しのおかげで元気だ、とジョアキンは冷たく答えた。

仕事はうまくいっているのかい？

文句はないね、とジョアキンはアマデウの訪問の目的が何であるのか考えながら言った。汗ばんだ服と古い靴がアマデウの苦しい生活を示していた。金を貸してくれと頼まれることを予想しながら、仕事はもう以前ほどではないよ、とジョアキンは付け加えた。奴には俺に何かを頼むような大胆さはないだろう、結局のところ俺たちは敵だ、何年も会っていなかったからな、とジョアキンは考えた。

座ってもいいかい？　脚が痛むんだ、とアマデウが訊いた。

座れよ、とジョアキンは言った。

アマデウは座り、床を見つめ何もしゃべらなかった。ジョアキンは再び計算をしたが、時々目を上げてアマデウを見た。俺たちは同じ年齢だが、俺は奴のように終わっちゃいない、と仕返しの苦い感情を抱きながら考えた。そして同時に、心底では、争ったのとは逆に気の毒にも思った。この五年間というもの、彼は復讐の瞬間を待ち望んでいた。しかし、なんの喜びも感じなかった。

床から目を離すことなくアマデウは言った。

五百クルゼイロを俺に貸してくれないか？　このところ体調が悪くて、仕事を辞めなくてはならなかったんだ。

ジョアキンは計算から目を離して言った。五百クルゼイロ？　わからないかもしれないが、俺にとってそれは大金だ。

わかっているよ、でも頼むことのできる人が誰もいないんだ、とアマデウは謙虚に言った。疲労のためにできた隈で隠れた彼の目は恥ずかしさで濁っていた。

おまえさんの医者の息子は？　なぜ彼に頼まないのかい、とジョアキンは皮肉を込めて言った。

息子は死んだ。

アマデウの話によると、息子のカルロスは、大学を卒業するとすぐに、バイーア州出身の大学の同級生と結婚した。二人は彼女の故郷へ行って開業しようとしていた。しかし、一年半後、すでに小さな息子もいたのに、カルロスは交通事故で死んでしまった。

まだ孫に会ったこともないんだ、とアマデウは言った。

ジョアキンはこの医者の息子のことでアマデウと喧嘩をしたのだった。ジョアキンにも一人息子のマヌエウがいるが、ぶらぶらして、無学で、勉強が嫌いで中学校を終えることもできなかった。二人の関係は、カルロスが大学で勉強する一方で、マヌエウが街中で無為に過ごすにつれて歪んでいった。カルロスが大学を卒業した日に、ジョアキンは個人的に侮辱されたと感じ、アマデウと話すのを止めた。

木に金は成らないよ、とジョアキンは穏やかな口調で言った。俺は何年も何年も、その死人のことを妬みながら過ごしていたんだ、と考えた。どうして荷車を売らないのかい？

もう売ってしまった、とアマデウは答えた。ある時、荷車運搬をしていた時に、レアンドロ・マルティン通りで失神して、急いで病院に入院しなくてはならなかったことを言い足すことができたかもしれなかった。荷車は入院費の支払いのために売ってしまったのだ。またアマデウは、六カ月前から住んでいる貧困層向けの部屋の家賃を滞納していること、一日に貧相なスープ一杯しか食べていないことも話さなかった。

どうして、息子の嫁に金を頼まないのかい？

恥ずかしいんだ、とアマデウが言った。広場の真ん中で裸になり、汚れていくような気がした。でも最後まで、辱めに耐える用意はできていた。

どうしてそんなにたくさんの金が必要なんだい？　バイーアまでのバスのチケットはそんなにしないはずだ。

アパートの家主にいくらか渡したい、とアマデウが言った。彼は俺に良くしてくれた。名前はマガリャンイスでコヴィリャン〔ポルトガル中部ベイラ・バイシャ地方の町〕の出身だ、彼のことをおまえさんは知っているかな。

ジョアキンは知らなかった。

アマデウの不幸の第一は医者の息子の死だ、古い恨みは少しずつ消えていった。

「そんな大金がここにあるかわからない」とジョアキンは立ち上がり、部屋の隅にあった古い金庫までいった。アマデウはジョアキンが自分に金を貸してくれると気がついた。心の中で、息子の嫁（再婚したのかわからないが）と孫と一緒に暮らすバイーアでの自分の新しい人生のイメージが次々に現れた。何年もの間、疲労していた彼の心はそうした幸せな考えで満たされることはなかった。しかし、瓶の集積所に着いた時からひどく痛んでいた脚は痛まなくなった。同郷の友人の優しさに心が満たされ、若かりし頃の過ぎ去った青年期に、同船した移民船の旅を思い出して、金はなくても健康だったということまで思い出した。日曜日のペーニャ教会での祭りの時に、木の下で、のちにそれぞれの妻となる若い娘と寝転がりながら、大きな瓶に入ったワインを飲み、最高の気分で酔いしれたのが、まるで前日のことのようであった。ジョアキンに何か良いことを言わなくてはいけない、とアマデウは考えた。それまで自分の不幸なことについて話し、金を頼むだけだったから。

マヌエウはどうしているかい？　彼は元気かい？　とアマデウは訊いた。

ジョアキンは、アマデウが訊ねた時、金庫の前で金を数えながら身をかがめていた。彼は衝撃を受けたかのように数えるのを止めた。

何だって？　ジョアキンが叫んだ。

マヌエウは元気かい？　とジョアキンの声の調子に驚きながらアマデウは繰り返した。

ジョアキンは金庫の中に金を戻し、力をこめて扉を閉めた。

どうしてそんなことを俺に訊くんだ？　とジョアキンは怒りを感じるよりも当惑して言った。

俺は……俺は……、とアマデウは口ごもった。

おまえはあの大バカ者のことをよく知っているはずだ！

何も知らない、とアマデウは主張した。しかしジョアキンはアマデウが言ったことを聞かずに叫んだ。

あの放蕩者は何もやっていない、瓶の回収人としても役に立たない。一日中寝ていて、夜は遊びに出かける。もう三十歳を過ぎているのに父親の、父親だけでなく母親の脛をかじりながら生きている。あいつの頭は空っぽのニンニクだ、俺のポケットから金を抜きとる。いつか俺はあいつを殺す、役立たずの寄生虫を。

知らなかったんだ……とアマデウは辛そうに言った。でも、死んだ息子よりはいいじゃないかと考えた。彼の目から流れ落ちたのは、ほとんど塩だけの乾いた涙だった、自分の息子のための、そして、ジョアキンの息子のための涙だった。

アマデウの顔からゆっくりと流れ落ちる輝いた涙を見てジョアキンは苦しくて黙り込ん

だ。アマデウはゆっくりと立ち上がり、やっとのことで歩いて立ち去る前に、さようなら、と言った。

ジョアキンはわずかな間座ったままだった。俺はそんな奴じゃない、自分のつまらない態度を恥じながらそう考え、通りに面した入口の方へ走り、アマデウ、アマデウ！　戻るんだ、おまえに金を渡すから、戻ってくれ！　と叫んだ。

しかし、通りに出ると、そこに人影は無かった。ジョアキンが何度も友の名前を呼んでいる間、たくましく太った男の顔からは、たくさんの湿った涙が流れ落ちた。

11　選手権大会

恒温動物である我々は、皆いつかは死ぬということを知っている。ホテル・アウデバランで（非公式の）大きな選手権大会が開催された。人類すべてに共通する活動に違いないがプロフェッショナルに限定されていた。

俺は雇われることに悪い気はしていなかった。これまで我々のプリミティヴな本性を競う大試合で審判を務めており、哲学的考察などで時間を無駄にしたくなかった。

肉体結合選手権大会は法律違反であると定められていた。しかし、そのことがミロ・パロール（ヴァロール（価値）と韻を踏む）とマウリサン・シャンゴ（タンゴと韻を踏む）の非公式試合を阻むことはなかった。この稀有な出来事の話を、俺より上手く語れる者は他にいないだろう。

俺の名はアソレアーノ、プロの審判員だ。実直で、首尾よく、プライドが高く、愛想がない。

J・Rに呼ばれる前に俺が関わった直近の審判は、有名な美食家のヴィニシウス・ペンシウとアニセット・マルトレリの間で行われた試合だった。アニセットは俺の前で、カナダ産の燻製サーモン一キロ、プロヴァンス風のエスカルゴ五百グラム、カスピ海産の黒キャビア三百グラム、鱒のムニエル四百グラム、シェフ流キジ料理九百グラム、ストラスブルグ産トリュフのパテ五百グラム、トロッケンベーレンアウスレーゼのワイン二本、年代物のシャトー・ラトゥール二本、ジャックフルーツ七五〇グラムを飲み込んだ。生きる喜びの殉教者。彼の埋葬の時に、王立グルメ協会の名誉理事で、アウサーダ・ウショア控訴院判事が述べた言葉であった。その本部から棺は出棺した。俺が審判を務めた多くの選手権大会で、俺が知るすべての美食家の中でも、アニセットは最も栄えある死を迎えた。最後のジャックフルーツの一房を飲み込み、勝者であると宣言され、観覧者たちの満場一致の拍手の熱狂的大音響もまだ冷めやらないその瞬間に、血管の破裂が起きたのだった。

肉体結合選手権大会は禁止されていた。ハイレベルの学識者による委員会が、若者の心理に及ぼす社会的影響について調査を実施していた。

その時のチャンピオンは、痩せて頭の禿げた神経質のミロ・パロールという名の男だった。

ある日の午後、ホテル・スーペルパラセのサウナで、パロールはマウリサン・シャンゴという名前の筋肉質で大柄の男に会った。パロールは公式の記録保持者だった。二十四時間で十四回の肉体結合をしたのだ。マウリサンはパロールを見ると、腕を広げ、筋肉質の胸を力一杯叩き、その場にいた公式ブローカーのゴールキ、二階級のセコンドのM・リーバス、卸売業者のザミール・ヤコブ、医者のアシェウフッジ、俺を雇った執行部役員のJ・R、そういった面々の前で「俺はそれ以上やれる」、「二十四時間で十四回以上だろ?」と言ったので、みんなを驚かせた。パロールだけが静かなままで、サウナの隅で自分とは関係がないかのように平然としていた、おそらく、チャンピオンの運命は間断なく挑戦されるということを知っていたのであろう。その時、J・Rが非公式の世界肉体結合選手権大会の提案をした。

みんながパロールのところへ話しに行った。その記録保持者は顎に手をあて、床を見ながら、「その紳士は俺に挑むための挑戦状を持ってきていない」と言った。執行部役員のJ・Rがイベントの全資金を負担すること、さらに、税金免除の五十万クルゼイロの賞金を提供することを保証したため、パロールは拒否することが難しくなって受け入れた。

試合には監督の問題があった。国家肉体結合競技連盟は活動を停止していた。選手権大会は秘密裏に開催されるにもかかわらず、監督下で開催されなくてはならなかった。だから、J・Rが俺を呼んだのだった。俺は上から下まで黒いスーツを着て、二人のアシスタントとともに現れた。そして、主催者たちの前で「俺の決定は絶対だ。白紙委任を希望する、俺はアソレアーノだ、誰にも俺に文句は言わせない。俺は法律家であり裁判官だ」と言った。

俺は法律の専門家や弁護士が法的な契約やその他の文書を作成するときに使う専門用語を駆使して、試合の規則を記載した。簡単に言えば大よそ次のようになる。土曜日の午後十二時から日曜日の午後十二時まで、肉体結合の最大回数を達成した競技者が勝者となる。競技者は、審判が決めた監督官の監視下で、それぞれの部屋にいなくてはならない。大きい方を除く生理的行為を必要とするときも、監督官により監視される。特別な興奮剤として、次の品目だけが認められる。視聴覚機器、カラーや白黒のサイレント映画やトーキー映画、スライドや印刷素材の映写。第三者による協力はたとえ誰であっても認められない。競技者、監督官、肉体結合の度に取り替えられるパートナー以外、だれも二十四時間の競技中は部屋に入ることはできない。審判だけが、理にかなったタイミングに入室することができる。性的興奮剤として知られる薬を使用することはできない。電気器具の使用は禁止される。累積的に達成される結合の回数は、次のように算定される。ペニスの膣への挿入、時間の経過は関係ない。続く精子の発射は膣内でなくてはならない。少なくとも〇・五立法センチメートル以上。生殖結合。どんな違反も、審判に知らされ、判定が違反として判断されると、賞金は対戦者へ引き渡される。

注記。我々の社会ではシンプルな肉体結合から生じるオーガズムは低い率で発生する。普通の人、というより大多数の人は電気器具を使う。洗練された階層の人たちには、自己陶酔を促すシンボリックな達成を可能にする繊細な心理科学的補助機器が有効である。

選手権大会を開催するために、海岸沿いの小さなホテル、アウデバランを借りた。部屋には閉回路でテレビ中継のために機器が設置された。メイン会場には二百インチの二台のスクリーンが設置され、賭け人たちは競技試合を観戦することができる。

対戦カード（競技者の提示）は土曜日の朝十時に発表される。それぞれの競技者が介添人あるいはセコンドを信任する。マウリサンはゴールキを指名し、パロールはエンジニア電気技術士のウルシーニョ・メイレリスを指名した。

介添人は技術や戦略的計画を委任される。基本的にそれぞれの作戦は同じシステムと方法に基づき、類似のパラメーターに従わなくてはならない。主要なアイテムは以下の通り。①パートナー――採用、契約、招集、序列、②視聴覚機器――映画、スライド、ポスター、図解、音楽と音響、ディスプレイ、フィードバック分析、③食事――一日分の食料のバランスと適度な栄養素の決定、④気晴らし――触る玩具、漫画、羊数え、疑似腹臍愛。両者の計画の中心的、あるいは副次的仮説において可能なバリエーションは認められる。

対戦カードの一時間前にウルシーニョ・メイレリスがパロールのパートナーについての情報を発表した。人数は十五名で、全員、国内生物測定学基準協会により定められた寸法に準じていた。彼女たちのプロポーションは、背の高さ、体重の他に、ミリ単位でのウエスト、太腿、胸、尻、首回り、くるぶしの長さが基準内であった。三人の女性が黒い肌、四人が色合いの様々な浅黒い肌、三人が本物の金髪の白い肌、四人が黒または濃い栗色の髪の白い肌、一人が明確なアジア人であった。最も若い女性は十五歳で、最も年齢が上なのは二十六歳（平均年齢：十八歳六カ月）。身長が最も低い女性は中国人の一五〇センチ、最も高い女性は一七〇センチ（平均身長：一六六センチ）、最も軽い体重は（これも中国人で）三九キロ、最も重い体重は六一キロ（平均体重：五一・二キロ）であった。

ゴールキはマウリサンのパートナーの情報を公表しなかった。我々は結合の間に彼女たちを見ることになる。

土曜日の十時に試合が始まった。アウデバランのメイン会場に八十六人の有名人たちがいたが、その大半が女性であった。

有名作家のエウドラ・ブリニスが、彼女に同行してきた金持ちそうな身なりをした一団のグループに、「異性愛のこういうタイプの闘い、つまり、プリミティヴ主義、獣性、素朴さ、純真さ、残酷さって好きよ」と大きな声で言っているのが聞こえてきた。

マウリサンとパロールが裸で現れて一回りしてから、最後にそれぞれの台座に上がると、賭け人たちは容貌だけでなく、適正さや資質としてプライベートな特徴を注意深く見ることができた。

「パロールの首から背中にかけての筋肉を見てみろよ、あれは鍛えられている証拠だ」と医者のアシェウフッジが言った。「二人のモノはたいして大きくない」と青白い顔をして、ピエロの恰好をした男が断言した。「マウリサンの腹の底からでる深呼吸に気をつけなくてはならない」と南部から来た賭け人が言った。

「彼らの目の輝きが見たいわ、すべてはそこにあるのよ！」と自分の額を力いっぱい叩きながら、黒い繋ぎの服を着た女の子が叫んだ。

注記。性的不能は前世紀のような社会病ではなくなった。ノイローゼ、苦痛、フラストレーションとは別の病因がある。

ゴールキは対戦者たちが退出すると、マウリサンが使用する視聴覚機器について公表した。デンマークのトーキー映画五本でカラー版、そのうちの一本はアメリカ人の食人者として知られたアルバート・フィッシュの人生に基づいたものであった。四枚のポスター、第六世代九〇〇九のエロティックなシンセサイザーの曲、嗅覚作用のある雑誌十冊は人物の位置を動かすことが可能、さらに、溶暗つきインスタント交換システム機器により映写される百枚のスライド・コレクション、一セットの多面鏡であった。

「これら補助器具による刺激と反応の相関関係は分析済みだ」とゴールキが付け加えた。

「結果は素晴らしいものになるはずだ。パロールがマウリサンのテンポについていくのは難しい。楽しむことなんかできないだろう」

マウリサンの応援者たちは喜びでざわめいた。俺は「静かに、静かに！　ここはサーカスではない。叫び声と口笛で礼儀をわきまえないのであれば、この会場から出てもらおう」と言うと、すぐに静まった。

ウルシーニョ・メイレリスは少し前までパロールがいた台座に上った。「今この部屋で述べられたような古典的方法をわれわれはとらない。学術的プロセスの中で、ミロ・パロールが使う唯一の道具は疑似腹膾愛だけであろう。我々の慎ましい戦略は三つの原理に基づいている。第一に、同時に起こる負荷の先端で放物線上に描かれる前進的リズムである。このテクニックは、パロールが南東部で試合をしてチャンピオンを打ち負かしたときに生み出したものである。パロールはいくつかのプロセスで変更を加えながら、改善しつつ効率良く行うであろう。そのことに関して私も保証する。この二十四時間の間にパロールは八時間の睡眠をとる予定である。シェイクスピアが言っている、眠り、傷ついた心を癒す膏薬、大自然から賜ったご馳走、人生の饗宴の主たる栄養源だ〔『マクベス』第二幕第二場〕」

ウルシーニョ・メイレリスは古典の教養のある男だった、彼のお気に入りの作家からの引用はこれだけではなかった。

「パロールの戦略の二つ目の基本原理は食事だ」とウルシーニョは言った。「食事の構成は、牡蠣のレモン添え、生肉、冷えた牛乳、トゥカーノのゆで卵。アルコールは無し。シェイクスピアが言っている、アルコールは情欲を高めるが、実行を損なわせる〔『マクベス』第二幕第三場〕」最後にウルシーニョは極めつけの基本原則は瞑想である、と言って彼の言葉を終えた。

「パロールは結合と結合の間に、必要な時間だけ瞑想し、多層から成る抑圧的で多義的な条件付けから解放される。人間は動物であり、その本能の無垢を維持するためには何でもしなくてはならない。シェイクスピアが言っている、人間とはなんという傑作だろう……まさにこの世の美、万物の模範！〔『ハムレット』第二幕第二場〕」

ウルシーニョが話し終えると、待ちきれなかった賭け人たちは、十二時までまだ十五分あったにもかかわらず、再び拍手喝采の下品な意思表示をしたが、俺は半ダースの熱狂的な人たちを追い出すのを我慢した。

十二時ちょうどに試合が始まった。

俺はパロールがパートナーとの間で、消毒布を使っていないのを確認した。

「消毒布を使わないのか？」と俺は訊いた。

パロールはベッドで結合を開始しながら「使わない」と言った。

すべてを見聞きしていた観客たちは、すぐに麻痺状態になった。誰も消毒布無しに、肉体結合をすることなどなかったからだ。だから、俺も含めて、いくつかの仮説が立てられた。一般人にとっては臭いやバクテリアであるが、パロールは過去への回帰という意味で、それを逆手にとっているのではないか？　あるいは南部から来た賭け人と示し合わせて、自殺的効果を狙っているのであろうか？　それとも、新技術、理解不能な技術の飛躍的発明に成功したのであろうか？

注記。糞便の臭いを取り去るジアスターゼU―2が発明されたとき、詩人のJ・O・マットスが有名なオードを詠んだ。〝フェドール（悪臭）、カロール（暑さ）、アモール（愛）、フェルヴォール（熱狂）――これこそ人間がやり遂げることだ〟

パロールは四五秒で一回目の結合を終えた。彼の精液の量は〇・五立方センチメートルちょうどであった。

マウリサンは一分一二秒で終え、彼の精液の量は一立方センチメートルであった。

俺がパロールの量を発表し終えると、驚きの叫び声と拍手が沸いたが、俺もチャンピオンのパフォーマンスに感銘し、そのままにさせておいた。最初の段階での記録であった。安定して信頼あるチャンピオンだけが、規則の中で予測される最少の量を正確に発射しながら、失格ぎりぎりの危険を冒す。競技者が精液を少なく消耗すればするほど、次の結合のために残すことができる。

精液は競技者のペニスにつけられる特別なコンドームに射精される。俺のアシスタントが、結合を終える度に、コンドームを取り外し、ジスメーターという名前の測定器で液体を測定する。そしてすぐに、俺がホテル内に設置するように指示した小さな実験室で専門家が精液を調べる。

記録が実験者より報告された。パロールの精液は〇・五立方センチメートルの成分である。〝色――乳白色、重さ――一・〇二八、PH七・五〇、成分――フルクトース、リン、エルゴチン、子嚢菌酸、スペルミン、クエン酸、コレステロール、リン脂質、フィブリン、フィブリノゲン、リン酸塩、重炭酸塩、プロスタグランジン、ヒアルロニダーゼ。精子五億個〟

マウリサンは二回目を十二時十五分に始めた、一回目の結合を終えてから、十三分四十八秒後であった。継続時間は一分短くなり、量は七五〇立方ミリメートルに減少した。

ゴールキは「豊富な自然現象をコントロールするように奴に指示した。マウリサンは大量に発射することができる、しかし、この試合では浪費することはできない」と言った。

パロールは十三時四十五分に二回目に入った。一回目を終えてからちょうど一時間後だった。この中断中に、ターボルの信徒の古典的姿勢で座ったまま、臍をしっかりと見つめていた。パロールは時間を三十秒減らしたが、量は五〇〇立方ミリメートルを維持した。身心を支配する奇跡であった。

十八時の時点で、マウリサンは八回の結合を終え、パロールは四回であった。マウリサンの平均時間は一分二秒であった。パロールは四十八秒であった！　マウリサンの平均量は八〇〇立方ミリメートル、パロールの平均量は五二二立方ミリメートルであった。

俺が部屋に入った時、マウリサンは仰向けの姿勢で、自らを鼓舞するために、イヤホンでシンセサイザーの音を聴き、パートナーは緑色の目をした女だった。この時、彼は射精してしまい、睾丸に暴力的な一撃をくらったかのように、醜いしかめ面をした。俺のアシスタントが注意深く、付けられていたコンドームを取り外した。

「どのくらいの時間だったか？」とマウリサンが俺のアシスタントに訊いた。

「十分間」とアシスタントが答えた。

「十分間！」とマウリサンが動揺して言った。

パロールは一人で部屋にいた。

「音響を消して、映像だけにできないかい？」と頼んだ。

「規則だから、それはできない。賭け人たちはすべてを見て聞くことができる」と俺が答えた。

「それなら彼らは聞けばいい」とパロールが言った。

「俺はこの試合を制するだろう」とパロールは少し考えてから言った。「すべてのチャンピオンは動物としての本能の維持だけを追求しているということがお判りか？　俺たちは動物であることをやめられない。昆虫ではない。俺たちは動物だ。賭け人たちよ、聞こえるかい？　目を覚ますんだ！　俺たちは恒温動物なのだ！」

俺はパロールを見て、彼は自分が果てていくのを自覚していると考えた。

「俺たちは肉体結合という偉大なる最後の瞬間に立ち会っている。蟻の巣が我々を待っている。あんたにはそれがわかるか？」

わかっている、と俺は答えた。

「今日、ついに愛が終わろうとしている、というのも、愛は恒温動物にしかないからだ。今日、俺たちは性交の喜びの最後の詩的サーカスを演じている。それは、秩序、進歩、心理科学的補助、家電製品への身体の震えに反対しようとすることだ。人間の天賦とは人間であることだ。組織化されること、多産であること、決まった時間に胃袋を満たすこと、無限の胎盤の天国を理想とすることではないのだ」

パロールはチャンピオンとなった。二十四時間で十五回の肉体結合を果たし、自身の記録を更新した。

マウリサンは十回の結合に成功しただけであった。

アウデバランホテルに人影がなくなってから、パロールが俺に別れを告げに来た。

俺は「また会うかな?」と訊ねた。

「わからないね。おそらく会わないだろう」とパロールが答えた。

政府は再び選手権大会を公式化した。もう何年も経つが、俺がパロールに再会することはなかった。俺だけでなく誰も。彼の記録が更新されることはなかった。このタイプの競技は随分前に行われなくなってしまったからだ。この蟻の巣では、誰もこの競技に感動しない。

12　帆船カトリネッタ号

叔母のオリンピアが「帆船カトリネッタ号」をコントラアルトの低い力強い声で暗詠するのを聞きながら目覚めた。

悪魔よ、あなたを憎む
あなたは我を苦しめた
我の心はただ神のもの

我は身を海に捧ぐ
だが、天使がその腕に拾い上げ
我々を溺れさせなかった
悪魔が雷を鳴らすと
風と海が静まった
夜、帆船カトリネッタ号は
陸に漂着した

その時、その日が二十一歳の誕生日であることを思い出した。叔母たちは廊下でそろって、僕が起きて来るのを待っているに違いない。もう起きているよ、と叫んだ。彼女たちが部屋に入ってきた。叔母のエレーナは金メッキの飾り紐がついている革の表紙が手垢で汚れた古い本を抱えていた。叔母のヘジーナは朝食をトレイに載せ、叔母のジュリエッタは家の果樹園で収穫した新鮮な果物の入った籠を下げていた。叔母のオリンピアはモリエールの『女房学校』を演じたときの衣装を着ていた。

すべて嘘よ、悪魔は雷を鳴らさず、天使も船長を助けなかった、と叔母のエレーナが言った。真実はすべて、私たちの先祖、故マヌエウ・デ・マットスによって船上で書かれた古い日記のなかにある。それはすでにあなたも読んだことがあるけれど、このもう一冊の本、叔父のジャシントが書いた『秘密の十戒』をあなたは今日初めて読むことになる。『秘密の十戒』に僕の使命が書かれている。僕は少なくなった家族の中で唯一の男であり、僕の他は四人の頑固な独身女たちであった。

太陽の光が窓から入り、庭から鳥のさえずりが聞こえてきた。美しい朝だった。叔母たちは、もう女の子は選んだのか、と心配そうに訊いた。僕は選んだ、と答えた。

それでは、今晩、誕生パーティーをしましょう。彼女に会うためにここに連れてくるよう叔母のヘジーナが言った。僕が生まれてからずっと、叔母たちは僕の面倒を見てきた。母は出産のときに死んでしまった。母のいとこであった父はその一カ月後に自殺した。

あなた方は今晩、魅力的なエルメリンダ・バウゼマオンと知り合うことになる、と僕は言った。彼女たちの顔は喜びに溢れた。叔母のヘジーナが叔父ジャシントの『秘密の十戒』を僕に渡すと、叔母たちはみな厳粛に部屋から退出した。『十戒』を読み始める前に、エルメ（僕はいつもそういう風に彼女のことを呼んでいた）に電話をかけ、僕と叔母たちと一緒に夕食をとることができるか訊くと、彼女は快諾した。『秘密の十戒』を開き、僕の使命である戒律を読み始めた。これは家族の長子全員の避けられない義務であった。それは、社会、宗教、倫理の法則の上に置かれていた。

叔母たちは洋服ダンスやトランクから、壮麗な正装を取り出した。叔母のオリンピアは、大切な時のために保管していた、フェドラの役を演じた時に最後に着たお気に入りの服を身にまとった。家政婦のマリア・ヌネス夫人が、叔母たち一人ひとりの髪型をボリュームのある、念入りなスタイルに仕上げた。家族の女性たちの慣習で、叔母たちは一度も髪の毛を切ったことがなかった。僕は『十戒』を読んだあと、寝室に籠り、時々立ち上がって、庭や森を眺めた。それは、父も、祖父も、曾祖父も、その他すべての者たちが果たしてきた辛い使命であった。すぐに父のことは頭から取り払った。父のことを考えるのにふさわしい時ではなかった。僕は祖母のことを考えた。彼女はアナーキストで、この家の地下室で爆弾を作っていたが、誰にも疑われなかった。叔母のヘジーナによると、一九二五年から一九六〇年に街で爆発した爆弾はすべて祖母が作り、投げられたものであったらしい。叔母のジュリエッタが「母は不正義に我慢できず、それが不服を表明する方法だった」と言っていた。死んだ人の多くは罪ある人々で、無罪のわずかな犠牲者は正当な理由による殉教者だった。

寝室の窓から、満月の輝いた明るさに照らされたエルメの車を見た。車蓋が下され、石畳の門をゆっくりと入り、アジサイの植えられた小道を上り、背の高いモクマオウの樹の前で止まった。五月の夜の爽やかなそよ風が、彼女の細い金髪を乱した。しばらく、エルメは樹の風の音を聴いているようだった。その後、僕が彼女を観察していることに気づいたのか家の方に目を向けると、彼女の体内にだけ、何か冷たいものが突き抜けたかのように、首にスカーフをかけた。そして、突然の仕草で車の速度を上げ、今度ははっきりと家へ向かった。僕は彼女を迎えるために下りて行った。

怖いわ、なぜだかわからないのだけれど、なんだか怖いの、とエルメが言った。この家のせいね、とても素敵だけれどあまりに寂しげだから！

きみが怖がっているのは、叔母たちだよ、と僕は言った。

僕はエルメを叔母たちのいる小広間に連れて行った。叔母たちはエルメの美貌と礼儀正しさに感動し、彼女に優しく接した。エルメが叔母たち全員の合格点に達したことはすぐにわかった。今晩にしよう、他の叔母たちにも伝えて、と僕は叔母のエレーナに言った。僕は自分の使命を早く終わらせたかった。

叔母のエレーナは、十六世紀にさかのぼる親戚たちの冒険について嬉しそうに話した。

家族の長子は全員、昔も今も例外がなく芸術家であり肉食家であり、いつもできる限り、自分で獲物を捕らえ、殺し、食べるの。先祖の一人であるヴァスコ・ジ・マットスは捕獲した狐まで食べていた。後に私たちが家畜を育てるようになると、羊、ウサギ、カモ、雌鶏、豚、それに、子牛、雌牛を自分たちで殺して食べるようになった。動物を殺すにもかかわらず、殺される姿を見る勇気もなく、自覚せずに肉を味わいたがる他の人たちとは、私たちは違うのよ、と叔母のエレーナは言った。私たち家族は、自覚と責任ある肉食家よ。ポルトガルでもブラジルでも。

私たちはすでに人も食べているわ、と叔母のジュリエッタが言った。先祖のマヌエウ・ジ・マットスはカトリネッタ号の副官で、空腹による死から他の船員を救うために、船員を犠牲にして食べた。

みなさん、今、僕は驚くべき話を聞いた、向こうからカトリネッタ号が近づいてくる、語るべきことを満載して……と叔母のオリンピアの雄弁な調子を真似て僕は言った。オリンピア以外の叔母たちが爆笑した。エルメは好奇心ですべてのことを見守っているように見えた。

叔母のジュリエッタが、長くて白くやせ細り、アルマス家の紋章のついた指輪を輝かせた指で僕を指しながら、ジョゼは子供の時から、芸術家と肉食家になるための訓練をしてきたと言った。

芸術家？　とそれが彼女を楽しませたかのようにエルメが訊ねた。

彼は詩人よ、と叔母のヘジーナが言った。

文学部で勉強しているエルメは詩が大好きだと言った。あとであなたの詩を見せてね、世界には詩人が必要だと思います。ポルトガルの叙情詩を読んだことがあるかしら、と叔母のジュリエッタが尋ねた。ガレットのものはいくつか読んだことがあるわ、それは悪と善の闘いをアレゴリー化した詩だったと思う、結局、善が勝利をしたけれど、なんて多くの中世の説教が使われるのかしら。

じゃあ、天使が船長を救ったというのをあなたは信じる？　と叔母のジュリエッタが訊いた。

でもそのように書かれているのでしょう？　いずれにしろ、そうした詩というのは、民衆のファンタスティックな想像力から生まれただけよ、とエルメは言った。

そうすると、一五六五年に、ジョルジ・ジ・アウブケルキ・コエーリョを乗せてこの地からポルトガルへ向けて航海していた船に関する似たような詩があって、本当に起きたエピソードなんだけれど、あなたは信じないかしら？　と叔母のヘジーナが訊ねた。エルメは返事をせずに、老人の気持ちを害したくない若者がとるような態度で、思いやりのある微笑みを顔に浮かべた。

叔母のヘジーナは、彼女と姉妹はカトリネッタ号について書かれたすべての航海物語を読んだと言いながら部屋を出て、すぐに本を抱えて戻ってきた。これはスペインの詩人ゴンサーロ・ベルセオが書いた『救出された遭難者』、これはアフォンソ・サビオの『聖母マリアの恋歌』、これは気の毒なテオフィーロ・ブラーガの本、これはカロリーナ・ジ・ミカエリス、これはアストゥーリアスで見つかった未完の連作の一冊で、ポルトガル語版に書き直された詩集よ。それから、これは、これはと叔母のヘジーナは小広間の中心に置かれたマヌエル様式のテーブルの上に本を投げた。どれも空論に過ぎないわ、根拠のない推論、でたらめの命題、大言壮語、無知。歴史の真実はこの本の中にある、それが私たちの先祖、マヌエウ・ジ・マトスの『航海誌』よ。彼は一等航海士で、一五六五年にここからポルトガルへ、ジョルジ・ジ・アウブケルキ・コエーリョを乗せた。

その後、私たちはテーブルについた。しかし、話はまだ終わらなかった。エルメの沈黙が、叔母たちがさらにこの話を続けるのを促した。吟遊詩人たちは詩によって、船長が天使から死を救われたという話を伝える役割を担っていた、と叔母のジュリエッタが言った。本当の歴史は我々の先祖の『航海誌』の中にあるのだけれど、アウブケルキ・コエーリョの名前と名誉が守られるために、決して知られることはなかった。あなたはこのイカの料理を気に入ったかしら？　これは家族の古いレシピよ、このワインはヴィラ・ヘアウにある私たちの農園で作られたものよ、と叔母のヘジーナは言った。ポルト出身の歴史家ナルシッゾ・アゼヴェードは私たちと親戚関係になるのだけれど、幸いなことに血のつながりはなく、彼はサブロッザ出身の私たちの従姉妹、マリア・ダ・アジューダ・フォンセッカと結婚したにすぎない。アゼヴェードによると、船員の何人かは、航海中に餓死した船員を食べることを許可するよう、アウブケルキ・コエーリョに要求したらしい。自分が生きているうちは、そんな野蛮な望みを満たすことは認められない、とアウブケルキ・コエーリョは強く拒否したと伝えられている。でも、と叔母のオリンピアは言った。本当に起きたことは全く違うのです。餓死した航海士たちは、海に投げ捨てられた。そして、ジョルジ・ジ・アウブケルキ・コエーリョを含めた船員の皆が餓死しそうであったとマヌエウ・ジ・マットスは書いています。そういえば、私たちが今食べているこの子羊は私たちが育てました、味は気に入っていただけたかしら？　エルメが返事をする前に、叔母のジユリエッタが次のように続けた。船員はみな、私たちの先祖マヌエウ・ジ・マットスにより集められた。ジョルジ・ジ・アウブケルキ・コエーリョは彼の船室の寝台で衰弱して横たわっていたので不在だった。ここでは、彼自身の『航海誌』の言葉を使いますが、大半の賛同で、運によって死ぬ人をくじで決めることとなった。くじは四回行われ、四人の船員が殺され、生き残った他の者たちにより食べられた。そして、サント・アントニオ号がリスボンに到着すると、キリスト教徒で、英雄、規律を守ることで誉の高かったアウブケルキ・コエーリョは、全船員に出来事を語ることを禁じた。そして、「帆船カトリネッタ号」のロマンチックな歌が作られ、それが広まった。でも真実は、残酷で血生臭いものであったとマヌエウ・ジ・マットスのこの『航海誌』にあります。

部屋が暗くなったように思われ、予期せぬ冷気の突風が窓から入り、カーテンを揺らした。私たちに食事を給仕していたマリア・ヌネス夫人が肩をすくめ、一瞬、ほとんど耐えられない激しい沈黙が流れた。

この家はとても大きいわ、誰か他にここに住んでいるのですか？　とエルメが言った。私たちだけです、と叔母のオリンピアが答えた。私たちは、マリア・ヌネス夫人の助けを借りながら、全てやります。庭や果樹園の手入れ、家畜の世話、家の掃除、料理、洗濯とアイロンがけ。だから私たちは忙しく、健康的なのよ。

ジョゼは何もしないの？

彼は詩人だし、ある使命があるから、と指輪の継承者の叔母のジュリエッタが言った。

彼は詩人だから食べないの？　あなたは食べ物に口を付けていない、とエルメが言った。

僕はあとのためにお腹を空かせておくんだ。

夕食を終えると、叔母のエレーナが、エルメは信心深い人物かと訊ねた。叔母たちはいつも、夕食後、家の小さな礼拝堂で、マリア・ヌネス夫人を伴ってノヴェナ（novena）の祈り〔カトリックの信者が、神に特別な願いを聞き入れてもらうために、連続して九日間の祈りを唱える〕をする。彼女たちが礼拝堂へ去る前に、エルメがその誘いを断ったことが僕を喜ばせた。というのも僕たち二人だけで居られるからだ。僕は叔母それぞれにいつものようにキスをした。最初は叔母のジュリエッタだった。彼女は痩せて骨ばった顔をして、長い鉤鼻をして、子供の頃の妖精物語の本の魔女の絵のような薄い唇をして、青白い顔とは対照的な小さく輝く目をしていた。その時まで、なぜ彼女が指輪の継承者であるのか知らず、なぜ指輪を管理する役目をあなたが担っているのですか、と彼女に訊いてみたいと思っていた。しかし、すぐにわかるだろうと僕は思った。叔母のオリンピアは褐色の肌、黄色い目、厚い唇で僕にキスをして、ゆったりとした口、大きな鼻、響く声をしている。感情ごとに彼女は小さな反応をして、ほとんどいつも、視線やしかめ面を表情に出す。叔母のヘジーナはペキニーズ犬のように怯えて警戒する小さな目で僕を見る。おそらく彼女が四人の中で最も賢いであろう。僕が側にいくと、叔母のエレーナが立ち上がった。彼女は四人の中で最も背が高く、年老いて、最も美しい。気品があり気丈な顔立ちをして、爆弾を投げるアナーキストだった祖母のマリア・クララの顔によく似ている。姉妹たちから家族の典型的な顔だと指摘されていた。姉妹たちは、家族の男性全員が彼女のように良い顔立ちをしていると言っていた。しかし叔母たちの兄弟の一人であり、父の弟で、黒人の味方について戦い、アフリカでペストで亡くなった叔父のアウベルトの写真をみると、彼はとてつもなく醜い男であった。叔母のエレーナは、僕に話すことがある、といって許しを求めた。僕たちは夕食の部屋を出て、閉めたドアの向こうで少しばかり話をした。

部屋に戻ると、叔母たちはすでに退出していた。

あなた方の話し方は面白いわ。とてもくだけた話し方をする、とエルメは言った。

僕たちはあまり関係がなかったり、親しくなかったりする人には丁寧な言葉遣いをするんだ。ポルトガルでそうだったから、家族がブラジルに渡ったあともそうしている。

でも、あなたたちはあの使用人の女性には丁寧な話し方をしていない。

マリア・ヌネス夫人？　彼女は家族の一員のようなものだ、祖母のマリア・クララの時代から、父や叔母たちが生まれる前からこの家にいるんだ。君は彼女が何歳だかわかる？八十四歳だよ。

彼女は船乗りに似ている、顔中に皺があり、日焼けをしている、とエルメが言った。あなたとはまったく違う、あなたの顔は青白い！

それは詩人の顔でいるためさ。さあ、僕がこの家で最も好きな場所に行こう。

エルメは本が一杯ある本棚を見た。大半の時間をここで過ごすんだ、と僕は言った。このソファーで寝てしまう時もある。一種の書斎で、隣にはシャワー室もある。

僕たちは立っていた、あまりに近かったので、体がほとんど触れそうだった。エルメは顔、首、腕にまったく化粧をしていなかったが、健康的な肌が輝いていた。僕は彼女にキスをした。彼女の口は成熟したワインのようにみずみずしく、熱かった。

叔母様たちは？　とソファーに彼女を横たえたときにエルメが訊ねた。

叔母たちは決してここに来ないから安心して。

彼女の体はたくさんの花や果実をつけた樹のように安定して良い香りがして、拘束されない野生動物のような力があった。僕は彼女を決して忘れることができないだろう。

なぜあなたは仕事を得て、私と結婚してくれないの？　とエルメが訊ねた。

詩を書くこと以外に何もすることができないんだ、と僕は笑って言った。なんのために働くんだい？　僕は裕福で叔母たちが死んだらもっと裕福になる。私も裕福だけれど、働こうとしているわ、とエルメが言った。いいよ、結婚しよう、と僕は言った。服を着て、書斎を出て、食料貯蔵室へ行った。

マリア・ヌネス夫人は何も言わずに、僕に二つのグラスとシャンパンの瓶を渡した。エルメを小広間へ連れていき、マヌエル様式のテーブルの上にまだ置いてあった本をどかして、そこにシャンパンとグラスを置いた。僕とエルメは並んで座った。

ポケットから黒いガラスの瓶を取り出した、それは叔母のエレーナがその晩に僕に渡したもので、ドアの向こうで交わした会話を僕は思い出した。二十一歳の誕生日に、僕自身で食べる人を選び、犠牲にしなくてはならないんだね？　と僕は訊ねた。そう、あなた自身がその人を殺さなくてはならないのよ、馬鹿な遠回しな言い方はやめて、あなたは彼女を殺して、そのあとに彼女を食べる、今日中に、あなたが選んだこの日に、それがすべてよ、と叔母のエレーナは答えた。エルメに苦しんでほしくないと僕が言うと、私たちが誰かを苦しませたことがあったかしら？　と叔母のエレーナは言って、銀細工で施された黒いガラス瓶を僕に渡した。この瓶の中には猛毒が入っていて、一滴で殺すのに十分よ、水のように色も味も香りもなく、それを飲めばすぐに死に至る、私たちは何世紀もこの毒を所有していて、それはどんどん強力になっている、私たちの先祖がインドから持ってきた胡椒のように。

なんて素敵な小瓶なの！　とエルメが叫んだ。

愛の霊薬だよ、と僕は笑いながら言った。

本当に？　誓う？　とエルメも笑った。

君に一滴、僕に一滴と言って、僕はそれぞれのグラスに一滴ずつ落とした。僕たちは狂ったように互いを愛するだろう。シャンパンでグラスを満たした。

私はもうあなたに夢中よ、とエルメは言った。優雅な仕草で、彼女は唇にグラスを持っていき、ほんの一口飲んだ。グラスは彼女の手からテーブルの上に落ちて粉々に割れた。すぐにエルメの顔はガラスの破片の上に落ちた。彼女の目は開いたまま、何かを考えてうっとりしているかのように見えた。彼女は何が起きたのか知る間もなかった。叔母たちがマリア・ヌネス夫人を伴って小広間に入ってきた。あなたを誇りに思うわ、と叔母のエレーナが言った。

余すところなく活用される、と叔母のヘジーナが言った。骨は砕かれて、トウモロコシ粉や牛の角の内側の柔らかい肉と一緒に豚に与えられる。内臓を使ってささ身の料理やソーセージを作る。骨髄や高貴な肉の部分はあなたが食べるのよ。どの部分から食べたい？

一番柔らかい部分から、と僕は言った。

自室の窓から夜が明けるのを見た。『十戒』が命じたように、僕は上着をはおり、叔母たちが呼ぶのを待っていた。

これまでの僕の人生で一度も使われることのなかった宴の広間の大きなテーブルの上で、壮麗さと儀式をもって僕の使命が果たされた。大きなシャンデリアの明かりはすべて灯され、叔母やマリア・ヌネス夫人たちが着用していた黒い正装を照らしていた。

味を損なわないように、僕たちはほとんど味つけをしなかった。生ね、とても柔らかな臀部の一片だわ、と叔母のエレーナが言った。エルメの味は、まだ乳を吸っていた子牛のようにほんのり甘い味がしたが、とても美味しかった。

僕が最初の一口を飲み込むと、テーブルを囲んで他の叔母たちと同じように座って僕を眺めていた叔母のジュリエッタが人差し指から指輪を外し、僕の人差し指にその指輪をはめた。

私はあなたのお父さんが死んだ日に、彼の指から指輪を外して、今日までそれを守ってきたのよ、と叔母のジュリエッタが言った。今からあなたが家長ね。

13　インタビュー

M〔mulher. 女〕　ジーザ夫人がここに来るように言ったの、入ってもいいですか？

H〔homem. 男〕　入って、ドアを閉めなさい。

M　この中は暗いですね。明かりをつけるところはどこですか。

H　このままにして。

M　お名前を伺ってもいいですか。

H　のちほど言います。

M　それは良いわ！

H　そこに座りなさい。

M　飲み物はあるかしら？　何か飲みたいんです。ああ、とても疲れているんです！

H　その棚に飲み物とグラスがあります。お好きなようにどうぞ。

M　あなたは飲まないのですか。

H　結構です。ところで、どうやってリオに来たのですか？

M　フォルクス・ワーゲンに乗せてもらって。

H　四千キロ以上ありますよ、知っていますよね。

M　かなり時間がかかりましたけれど、なんとか着きました。身に着けている服しかありませんけれど、時間を無駄にしたくなかったんです。

H　どうしてここに来たのですか？

M　ハハハ、ああ！　なんてこと！　笑っちゃう。

H　どうして？

M　知りたい？

H　知りたいですね。

M　夫のことです。私たちは四年間幸せに暮らしていました、幸せ過ぎるくらい。でも終わってしまった。

H　どのようにして終わったのですか？

M　他の女のせいで。彼とつき合っていた若い女。私が妊娠しているときに。ハハ、笑っちゃう、泣いているのかも、わからないわ……。

H　あなたは妊娠していたのですね。

M　十月十三日に私たちがそのレストランで夕食をとっていたときに、彼が夢中になっていたその女が現れたんです。夫は酔っ払っていて、挑発するような態度で彼女を見て、彼女は我慢をすることができず、私たちのテーブルに近づいてきて、何か主人の耳元でささやいたんです、そして二人は、まるで世界に二人だけしかいないように、唇を重ね合わせたんです。私は頭に血が上り、気づいたときには手に瓶の破片を握っていて、彼女のブラウスを引き裂いていました、胸元を強調するようなブラウスでした。

H　そうですか……続けて。

M　彼女の胸を瓶の破片で何度も叩きました、力いっぱい叩いたので、胸の神経が外に飛び出してきました。それを見て、夫が私の顔を殴りました、目のすぐ上です、目が見えなくならなかったのは本当に奇跡。私は家に向かって走りだしました。すると夫が追いかけてきました。私は自分の親戚に聞こえるように助けを求めて叫びました。親戚は私の家の近くに住んでいたんです。私は飼い主のいない犬なんかではないのです。昨日、ジーザ夫人の家で、ある若い女の子に私は言いました、友人になって欲しいなんて私は言うことができない、この人生では、誰も友人を持つことなんかできないのよ、私たちはただ一緒に何かをしているだけ、私は彼女に言いました。私はここにいるけれど、でも飼い主のいない犬なんかではないわ、私に一本でも指をかけようものなら、私の家族に会うことになるわ。

H　でも、彼らは北に、とても遠くにいるのでしょう?

M　なんだか私ったら劇の中にいるみたいね、ハハ。

H　あなたは助けを求めて叫びながら逃げ出した。続けて。

M　夫が家中の家具を壊している間、私は部屋に閉じこもりました。その後、夫は部屋のドアを突き破り、私を床に投げつけ、そして、床から私を引っ張り上げ、私のお腹を蹴りました。床は血だらけになりました、血は私のお腹から出たものでした。子供を流産しました。

H　男の子だったのですか。

M　そうです。

H　続けて。

M　夫が私のお腹を蹴っている時に、私の父と兄弟五人が現れ、夫を殴りました、あまりに殴ったので、私は彼が殴られて死んでしまうだろうと思いました。父たちは夫が気を失ったので殴るのを止め、全員で夫の顔に唾を吐き、尿をかけました。

H　あなたはそれ以来彼に会っていないのですね。

M　一度、とても遠くから、私が家を出る日に見ました。彼は脚にギブスをはめ、松葉杖をつきながら私に会いに来ました、幽霊のようでした。でも私は彼と話をしませんでした、裏の戸口から外に出ました、彼が何を言おうとしていたのか私にはわかっていました。

H　何を言おうとしていたのですか？

M　赦しを請おうとしていたのです、戻るように頼もうとしていたのです、男というのは違うのだ、と言おうとしていました。

H　違うとは？

M　つまり、愛人を持つかもしれないけれど、それが男の本性なのだと。私はその話をすでに聞いていたので、また聞きたくはなかったのです。私は別の男を知って幸せになりたかった。

H　それで、あなたは別の男を知ったのですか？

M　たくさん、たくさん知ったわ。

H　それで、幸せになりましたか？

M　幸せよ、あなたはきっと信じないでしょう、私は自分の人生を送るしかないけれど、幸せよ。

H　もうご主人のことを思い出すことはないのですね？

M　松葉杖にもたれかかった夫を思い出すわ。私の後をまだ追っていて、私を殺すために短刀を身に着けているらしいの。明かりをつけてもいいかしら？

H　どうぞ。あなたは彼に見つかることが怖くないのですか？

M　怖かった、でも、もう怖くありません……、ねえ、あなたは一体何を望んでいるの?!

14　七十四段階

一、服を着替えたばかりで、もう絵画や彫刻の位置を変えるべきではなかったけれど、磁器製の中国の馬は、マホガニーのミニテーブルに置いた方が良いのではないかしら。大きな鏡の反対側の壁にロード・ジムのポスターを貼り、ブロンズ製の馬を下に、木製の馬を隣に置いた。全部で十三体の彫像――三体の磁器製、四体のブロンズ製、二体のスチール製、三体の陶器製、一体の木製――それに、十枚のポスターがあって、そのうちの五枚が白黒で、残りの五枚がカラーで、すべて馬のポスターだ。十三体の彫像という数が気に入らなくて、ブロンズ製の重たい一体を取り除き、ピアノが置いてある私室に持って行った。レイアウトは良くなったけれど、私は心に不安を感じ続けていた。鏡でゆっくりと自分を見たとき、チャイムが鳴った。

二、テレーザがドアを開けて、驚いて私を見る。

大きな包みを持ったエリーザだった。一瞬、動揺した。なんと言ったらよいのかわからずに、ただ、あなたなの？　くらいのことを言った。しばらくの間、混乱し、それは不快な感情だった。いつも自分の側にエリーザがいて欲しかった。でもあの日はそうではなかった。彼女はあの日に私を訪ねてくるべきではなかった。

三、これあなたに。私はテレーザの顔に軽くキスをする――私たちの唇が触れそうだった――彼女は誰かを待っているのだろうか？

エリーザが私にプレゼントをくれた。それは陶器製の馬、ずんぐりした馬で、日本製の鞍をつけ、角のような耳をしていた。

四、テレーザはなんて美しいの……絹のドレスに、後ろにまとめた髪の毛、大きく光る目。
　エリーザに素敵な馬だと嘘を言って、居間へ行き、その馬を置く場所を見つけようとした。

五、テレーザはソファーに座り、脚を組んで、近況を訊ねた。私たちはこのところほとんど会っていなかったから。二人で目隠しごっこをしたのを思い出すわ。私が目を閉じて、居間を手探りで、家具にぶつかりながら歩いた、するとあなたは隅に静かにいて、あなたの顔のしっかりとした骨格を探しだすと、私は手の指でその顔をなぞった。
　エリーザが私たちの遊びのことを話し始めた、それがますます私を動揺させた。

六、テレーザは私が言っていることに注意を払っていなかった。アウフレッドの馬は美しい、そうよね？
　アウフレッドは大きな黒い動物に乗って過ごしていた、その動物は沸き立つ泡の夜明けに覆われ、鼻のあたりで火を放っていたわ、と私は言って台所へ行った。魔法瓶とマグカップを持って戻り、使用人たちに休みを取らせていると説明した。

七、平日に？　面白いわね、平日に使用人に休みを取らせるなんて。

馬鹿なオツムをしているから、その後で起きることに漠然とした考えしか浮かばなかったのでしょうね。

八、今日は、すべて昔みたいに戻りたいと思って来たのよ、と私は言った。でも、テレーザは私のことを聞いていないかのように、マグカップに魔法瓶を傾けた。コーヒーは入っていなかった。コーヒーを入れようとしたのに、と私が言うと、エリーザは私の腕をつかんだ。彼女はそんなに飲みたがらず、ジュースを勧めても断った。エリーザは失望していた。彼女は物事が以前のようであってほしかったのだ。でも、もし私たちの間が以前のようでないとしたら、その責任は彼女のほうにあった。

九、馬の写真を見る。アウフレッドがブラジル選手権で優勝したのはあの馬とではなかっただろうか？

たくさんの馬の中でも、エリーザはロード・ジムに目を留めた。壁には他の馬のポスターも貼ってあった。ピクウィック、ドトール・ホムアウド、チャールズ・フィッシュ、チェルシー、夜の王子、ドゥルモン、ペナフォルチ、マリエッタ（アウフレッドは自分の母親の名前を付けた）、それに侯爵夫人。

十、この馬たちは美しい。
　私はその馬たちを嫌悪していた。

十一、もう帰ったほうがいいわね。テレーザは私にここにいて欲しくないようだから。ダニエウに電話をかける。彼が出ないから、秘書にテレーザ夫人の家にいるというメッセージを残した。
　私はエリーザに、ダニエウのようなお馬鹿さんは、肝心なときにいないのだから、彼を放っておいたほうがいいこと、さらに、乗馬を覚えられないような愚鈍な人を待つべきではないと言った。

十二、テレーザは、死ぬ時の最後の思考が溜まった屑でないように、頭の中をきれいにする私たちの遊びを覚えていなかった。

もちろん、私はその遊びを覚えていた。蝶の群れのようなくだらないことを思い出しながら死ぬことを恐れていた。目をつぶって、ねぇ、私は死にかかっているのと言って、モーツァルトのある一節、身体のある動作を思い出そうとした。

十三、テレーザは私の側にいて、私の肩に手を置き、私を見つめた。
あなたの柔らかな肌を思い出した……。

十四、チャイムの音が聞こえた。
私はエリーザから離れて、ドアを開けた。

十五、ペドロを見て、苛立ちと失望を隠すことができなかった。彼があの時に現れなければよかったのに。
一人の男が入ってきて、テレーザを抱きしめた！　私は走ってドアから外へ出た。

十六、中に入る。とても暑いね。汗をかいて目覚めたよ。
エリーザが走って出て行った、馬鹿な女。ペドロはまごつきながら椅子の角に座り、そのことに私は満足した。私は何か飲みたいか訊いた。彼がコーヒーを飲みたいと言ったので、私と友人でコーヒーを全部飲んでしまったからコーヒーはないと答えた。彼が、彼女は突然具合が悪くなったのかと訊ねたので、私は、そう、疝痛よと答えた。

十七、僕はこれまで一度も疝痛になったことがない。頭が痛くなったことも何もない。僕の体は鉄のようだ。ほら、虫歯も一本もない。
ペドロは口を開けて、私に歯をすべて見せた。飴やお菓子、虫歯の原因となる食べ物を食べないのかと彼に訊くと、彼はなんでも食べるよと言って、飴を歯の間でガリガリと砕いた。

十八、私はいつも良い歯をしている人に妬みを感じてきた。子供のころからずっと、人生を歯医者で過ごしてきたから。親知らずを抜く時にも、骨にくいこんでいて、入院しなくてはならなかった、なんてひどいの。

口を開き、指で唇をまくりあげて、テレーザに親知らずを見せた。

十九、彼の父親は騎手だったけれど、試合には出なかった。

彼女は僕の父親のことを知りたいのだ。

二十、私は、ペドロがリオで試合に出ていたことを思い出せなかった。去年のブラジル選手権に出場したのか訊いてみた。彼は優勝したはずだけれど、私はペドロが跳躍するのを私の別荘で一度だけしか見たことがない、あの土曜日は、それで十分だった。

ロード・ジムとであれば、だれでも優勝することができる。

二十一、ペドロは壁に貼ってあるロード・ジムの写真を指して、私にその首を見るように言った。そのアングルは九十度で完璧だった、さらに、長い体高や脚を見るように言った。まるで愛する女性について話す男のように見えた。

この馬は強い気質と繊細な口を持ち、光線のように障害物に向けて突進した、そうやって僕は乗っていた。

二十二、ロード・ジムは一秒で十五メートル走るとペドロは思っているけれど、十八メートル走れるわ。ロード・ジムに乗ることを許可したことについてペドロは私に感謝をしていた。何も感謝する必要はないのよ、ペドロ、あなたをテストしたのだからと言った。

どうやって僕をテストしたのです?

二十三、私に電話をかけてきた最初の頃、彼は自分が騎手であり、乗馬をしていて、跳躍もできるし、それにアウフレッドの友人だと言っていた。私は彼を見たことがなかった、イピカでも、イタニャンガでも。だから嘘をついていると思ったから、彼をテストすることにした。アウフレッド以外はどんな他の騎手もロード・ジムに乗ることができなかった。その馬は誰をも地面に振り落とし、跳ぶ前に邪魔なものを取り払った。

馬は人間より優れている。馬に責任はなかった、あれは事故だった。

二十四、馬小屋へ行き、その馬を見た。馬も僕を見た。馬の匂いを嗅ぎ、馬も僕の匂いを嗅いだ。僕は馬の体に手を置き、馬が僕の手の甲にその口を置くようにさせた。僕たちはうまくやれる。ロード・ジム。

　彼はミナス・ジェライス州の農場主で、そのミナスの農場にいたときに、アウフレッドがロード・ジムに乗っていて事故に遭った。ペドロは病院にいるアウフレッドが瀕死の状態にあることを知り、人生を彼に捧げようと急いでやってきた。

二十五、ペドロはあの病院に突然現れ、アウフレッドの友人だと言って、その後六カ月間、姿を消した。騎手のペドロ・アウカンターラという人を誰か知らないかとみんなに訊いたけれど、誰も知らなかった。
　僕はあなたの夫の馬たちを称賛する。オリンピックで彼がブラジルのためにやったこと。彼の銅像が広場に建てられてもいいはずだ。

二十六、リオやサンパウロの最良の医者、最良の人たちを私は呼んだ、しかし骨髄が真上から破壊されていて、彼は話すことも、体を揺らすこともできなかったので、瞬きで返事をしていた、意識はあったけれど、どんな動きも呼吸もすることができなかったから、チューブで肺に酸素を送り込んでいた。

可哀想に。

二十七、脳が、身体に何かをさせるのは骨髄を通してであり、アウフレッドの身体は精神と完全に分離していた。彼は私と話したがり、あの苦しい日々に、彼が私に何かを言うと、私はそれが何かわかっていたけれど、わからない振りをした。そして、別のことを訊いた――エアコンを切ってほしい？　すると彼は目を開けたままにして、否定の返事をした。あなたの共同経営者のエルメスを呼んでほしい？　彼は瞬きもしなかった。私は馬鹿な質問を何千とした、しかし、彼は私が望んでいたように、瞬きさえしなかった。彼は馬について話したかったのだ。私は彼が私にしてほしい質問が何であるのか正確にわかっていた。アウフレッド、馬のことで、あなた私に話をしたい？　私は、彼が何千回も恍惚と瞬きするのがわかっていた。でも、その質問をしなかった。あなたは、私に馬を売ってほしくない、そうでしょう？　彼は喜んで認めたであろう、でも私はこの質問もしなかった。アウフレッド、あなたは、私が馬をテレゾポリスの種馬飼育所に連れて行き、そこに置いてきて、馬たちが死ぬまで牧場を自由に駆け巡らせたいのでしょう？　私は彼が訊いてほしいであろう質問を決してしなかった。

可哀想に。

二十八、コーヒーはいかがかしら？

私がペドロに、コーヒーを入れてくる、と言うと、彼は気を使わなくていいと言って、グラスに入った水を飲んでいた。冷たいシャンパンならあると言うと、まだ朝食も昼食もとっていないから、水と何か食べるものをお願いしたいと言った。私はうんざりし始めた。

二十九、ペドロに、使用人たちは休暇中だと言いつつ、私は何か出すものがないか探しに行った。

テレーザが居間を出た。僕はロード・ジムの写真の前にいる。徐々に僕の身体は騎手の姿勢をとっていた、背中を伸ばし、左手は手綱を握るために腰の高さまで上げ、右腕を身体に沿って伸ばした。馬に乗る。

三十、私は馬鹿な使用人たちが食べ物をどこにしまっているのか知らなかった。床でグラスを割り、鍋を投げて、結局、キャビア、トースト一箱、カラトリー、グラス、ハーフボトルのシャンパン、水一本を持って、居間に戻った。ペドロはロード・ジムのポスターの前にいた。

　馬に乗る。

三十一、テレーザがテーブルの準備をした。
　トーストを焼き、ペドロにかじるよう渡した。彼はかじり始め、嫌そうな顔をしながら、食べにくそうに飲み込んでいた。私が彼の口に残りの部分を押し込むと、彼は苦しそうにトーストを飲み込んだ。私は彼に、気に入らないのかと訊ねた。ペドロは、私が彼に食べさせたものを知りたがった。キャビアだと答えた。

三十二、彼女が僕にくれた食べ物は好きでなかった。しょっぱくて、たくさんの小さな黒い粒だった、魚の卵だと彼女は言った。すぐに見てみた。
　ペドロに何が好きなのか訊いたところ、ペドロはステーキとフライドポテトだと答えた。でも、私の家にはご飯とフェイジョンはなかった、恐ろしく太るから。

三十三、僕はトーストなら食べる、空腹でいることには慣れていて、乗馬をするときはいつもそうだ、何時間も乗ってから戻ると、まず初めに馬の鞍を外し、馬をブラッシングして、水や牧草を与えて、その後で自分たちが食べた。

彼は騎馬隊として軍に奉仕したこともある。上手に乗馬することのできる若者にとり、それは一般的で、騎馬隊では、動物の中でも最も崇高な動物と関わることができる。最も崇高な動物は犬だと思っていた、と私はふざけて言った。

三十四、彼女は馬と犬を比較したがるが、馬は誰の手も舐めない。犬の中には、マダムのポメラニアンのように劣等な行動ばかりする犬もいる。気にしない人のことを犬と呼ぶのはそれなりに理由がある。最悪の駄馬でさえ、水飲み場で、どんな犬よりも価値がある。犬はみな寄生虫だ。犬と一緒に戦って戦争に勝利した人などいるであろうか?

聖ジョルジが馬の聖人だったかどうか彼に訊くと、馬は聖人を必要としないが、聖人が馬を必要とするとペドロは苛立って言った。

三十五、僕は農場で少なくとも一日四時間は馬に乗っていた。

彼は頑丈な腕と脚をしているに違いない、私は彼の腕に触れてみた、まるで鋼でできた棒のようだった、次に彼の脚に触れると、彼は素早く委縮した動きをして手綱を放した。

彼女が僕の脚に触れた。僕は嫌だった、僕は……僕は水を飲み、一日に六リットルの水を飲むんだ、と彼女に言った。腎臓に良いから。

三十六、私はずっとうんざりしていた、立ち上がると、肘掛け椅子の上に置き忘れられたエリーザのバッグを見つけた。バッグを手に取り、開けて、中に何があるのかを調べた。エリーザの身分証を取り出した。写真の写りは悪かったが、身分証の写真というのはどれもひどいものばかりだ。
彼女は友人のバッグから香水の瓶を取り出し、一吹きした。

三十七、エリーザが使っている香水は私の好みと違って変わっている。バッグの中には、アイブロウペンシル、口紅が二本、銀の箱が二つ、そのうちの一つはまつ毛用のマスカラとブラシが入っていて、もう一つはベース・パウダーの箱だった。
彼女はバッグから鍵の束、ハンカチ、櫛を取り出した。

三十八、バッグから指先で、エリーザ宛の男性の字で書かれた手紙一枚を取り出した。開けるべきだと思わないか彼に訊いた。私の心臓が激しく鼓動した。

彼女は友人の手紙を開けたがっている、何のために？　と僕は訊いた。

三十九、私の可愛い娘、ここに来たけれど、あなたに会えなかったわ。昨日あなたに話した薬は肝臓に良いのよ、ボルドー茶なの、薬草や同毒療法の店で買うことができます。抱擁を、ダニエウにも抱擁を、そしてたくさんのキスを、ワンダより。ワンダというのは彼女のお母さんだわ、つまりエリーザの母親。同毒療法の最初のhの文字をyで書いているわ。この手紙が気に入ったわ。

僕は二十五歳だ。

四十、私は彼より年上。彼の父親は馬の年齢にだけ興味があるといつも言っていた。シャンパンを飲み続ける。

彼女のことが好きだと伝える。どんな風にと彼女が知りたがる。真面目な男が女性を好きになるように。

四十一、私たちが土曜日に別荘から戻る時に、ペドロが私をバハ〔バハ・ダ・チジューカ。「恋人の日」註参照〕へ連れて行った。彼は夕陽が見たかったのだ。

僕の父親には子供が八人いた。

四十二、夕陽は私を感動させなかった、幻想を抱かない女だったから。アウフレッドが死んだ時、彼の友人すべてが求愛してきた、でも、不愉快で、悲しみから逃れられることはほとんどなかった。私が拒否すると、誰も主張せず、私をなんとか誘惑しようともせず、愛情や注目に餓えた寡婦の女性を愛することの煩わしさを厭う人はいなかった。

僕は真面目な男だ。

四十三、彼に私を誘惑したいか訊いてみた。

僕にはある秘密があると言ったが、彼女は聞きたがらない。

四十四、後で私を誘惑する？
僕は農場主でも何でもない。死ぬ場所もない哀れな男だ。

四十五、僕はミナスの馬を飼育するある農場で生まれた。十八歳の時に兵籍に入り、僕はトレス・コラソンイスで騎馬隊の軍曹になった。そして、あなたの夫が事故に遭ったときに、彼の傍に居るために、僕は許可なしに兵営を出た。オリンピックで優勝して以来、彼は僕のアイドルだった。兵営に戻りたいと思った時に、僕はすでに脱走兵として告訴されていた。僕は父が何年も下働きをしていた農場に隠れた。その農場で、軍に入る前にしていた仕事をした。訓練が十分でない馬を調教する仕事。しかしあることに気がつき、僕は家族のお金をすべて持ち出し、あなたに会いに来た。
私を誘惑するの？　しないの？

四十六、僕は軍警に追われている哀れな男だ。
結婚を申し込みに私のところに来たの？

四十七、私は彼に近づき、彼を抱きしめ、彼の口にキスをした。彼は冷たく、何かを心配しているように見えた。私たちがベッドに行くのに何も妨げるものはない、と私は言った。私は別に彼とベッドへ行きたいと思っていたわけではないけれど、彼が拒むのを感じて、私は主張した。

僕はそういう風に教育を受けていない、女性に敬意を払い、アウフレッドの記憶に敬意を払う、彼がオリンピックで金メダルを獲得したことを覚えている、僕たちには十分時間があるから、まず、婚約するべきです。

四十八、ああ、あきれたね、あんた、私のことが欲しくないの？　と私は言った。すると、自分の主義に反するけれど、私とだったらどんな下劣なこともする、と彼が言った。

彼女は僕を寝室に連れていき、ドレスを脱いで、黒いストッキング、黒いパンティー、黒いブラジャー、黒い靴になった。馬鹿馬鹿しくて、僕は笑いそうになった。僕に近づき、彼女の手を僕の脚の間に入れた。これから僕たちに人生があるのなら、なんのためにこんな馬鹿なことをする必要があるのですか？

四十九、あんたは何て忌々しいのと叫んで、騎馬隊の軍曹なのか、それとも、元軍曹なのか、と私は訊いた。すると彼は動揺し、もう一度チャンスが欲しいと懇願した。すると突然、彼であろうと誰であろうと、私は二度と男なんか欲しくないということがわかった。

彼女は僕のことを哀れで貧乏な男だとさんざんこき下ろして、僕とは結婚したくないと言った。彼女は誰が馬の面倒を見るのかわかっていない、彼女にはどうでもいいことなのだ。

五十、彼は馬を欲しがっている、私のことが欲しいのではない、馬はペドロのような父親を必要としている。私にとって馬は死んでもかまわないし、ソーセージ工場へ全部売ろうとしている、と私は言った。

彼女は狂人のように笑って、馬を殺してやると脅し、僕のことを不能だと言った。

五十一、ペドロはその大きく野性的な手で私の喉をつかみ、私は息ができなくなっていった。

彼女は僕の手の中でタオル地の人形のようにもがいている。

五十二、灯りが消えて、すべて見えなくなる。

彼女を床に横たえ、僕は彼女の上に横たわり、彼女の胸に耳を近づけたが、何も聞こえない。居間の馬すべてに明かりが灯り、僕は起き上がる、馬場の砂上を一頭の馬が駆ける静かな足音が聞こえてくる、動物の激しい息、こすれて鳴る砂のざわめき、音と光。

馬乗りになる。

五十三、玄関のチャイムが鳴る。テレーザの身体を寝室に運ぶ。

一人の男がドアを開けた。彼は顔に汗をかいて、シャツも濡れていた。

テレーザのことを訊いてみる。

五十四、バッグを忘れた女が戻ってきて、テレーザがいるかと訊く。

食料品店に行ったの？　テレーザは食料品店に食べ物を買いに行ったの？

五十五、あなたはテレーザの友達なの？　と私は訊ねる。彼は婚約するところだったと答える。
　馬鹿げている。嘘をついているに違いない。

五十六、でも馬のことで喧嘩になった。
　この女性も馬が好きで、美しい動物だと言う。でも僕にしたら、馬は動物ではなくて、四本脚の人間の一種だ。

五十七、彼は、自分と馬ではどちらがより美しいかと訊く。私は彼だと言った。彼はとても美しい、そのことは認める。彼は四つん這いになり、私に彼の背中に上るように命じる。
　彼女は僕の背中に乗り、僕は部屋の中を四つん這いで、物凄い速さで走り回る。落ちないように、彼女は僕のシャツや頭に必死につかまっている。

五十八、彼女に僕の背中に上ることは猥らであることを示したかった。だが、馬上では、すべてを跳び越え、ギャロップで逃げることもでき、偉大で自由な女王になった気分がするだろう。

どうしたらいいのか、なんと言ったら良いのかわからない。彼の背中に座ったまま、開いた脚でしがみついている。

五十九、少しずつ我に返った。

六十、こういう都会の優雅な女性たちはみな奇妙だ。

私たちはそのままの状態でいた、彼は四つん這いになり、私は彼の上にしがみついていた。

六十一、あの獣の指が絞めた喉の痛みを感じるまで、何が起きたのか思い出すのに時間がかかった。

六十二、馬の上に乗るほうが良くないかい？

完全に意識が戻り、居間にいるエリーザとペドロの声が聞こえてきた。

馬の方があなたよりも良いと、あなたは私に言わせたがっている、と私は言う。

六十三、ピアノの近くにある小部屋にあったブロンズの彫像を握りしめた。二人は居間にいて、エリーザは彼の背中にまたがっていた。口内に嫌な味を感じて、我慢ならなかった。テレーザが半裸で髪を乱して現れて、私のことを質の悪い女だと罵る。
彼女は生きていた！　叫んで僕の頭に彫像を叩きつける。

六十四、ペドロはふらふらと歩き、頭がおかしくなったかのように、身を守るために手をあげる。私はもう一度力いっぱい彼の頭を一撃する、彼は血に染まった顔で床に倒れこんだ。
私たちが床でやっていたこととどちらが品がないか、とテレーザが私に訊ねる。私たちはソファーで抱き合って横たわる。テレーザは、彼が自分を殺そうとしたと言う。

六十五、私はエリーザに、遠いあの日、なぜ私を拒否したのかと訊ねる。彼女は私が愛を示すとは予期していなかったと答えた。
今、私たちは一緒にいる。私たちは愛し合っている。

六十六、ペドロが床で呻いた。この卑劣な男はまだ死んでいなかったのだ。エリーザは怯えて私の方を見た。さあ、やるのよ、と私が言った。
私は立ち上がり、ブロンズの彫像を握り、何度もペドロの頭を殴る。彼は少しうめいたあとで黙った。私はテレーザの腕に抱き着く。

六十七、私たちは倉庫へ行き、強化繊維製の巨大な黒いスーツケースを取り出した。私が新しい洋服を一杯入れて、パリから持ってきたものだ。馬一頭ぐらい入ってしまうだろう。私たちはその中にペドロの体を入れた。
テレーザは腕を持ち、私は脚を持った。彼の体は重たかった。私たちがスーツケースを閉じると、チャイムが鳴った。恐怖を感じた。

六十八、窓から見ると、踊り場にダニエウの馬鹿がいるのが見えた。
テレーザは私に、彼女が着替えている間に、ダニエウのためにドアを開けて、彼と話をするように言った。

六十九、エリーザは緊張しているようだった。テレーザの家に彼女を迎えに来るように伝言をもらったけれど、エリーザの車は家の前にある。つまり、秘書は伝言をきちんと理解していなかったのだ。我思う故に我あり。

ダニエウはすぐに不愉快な態度で偉そうに話し始める。そして、四六時中質問をして、いいね？　いいね？　と言う。耐えがたい男だ。

あわてて着替え、居間に戻ると、ダニエウは立ったままで居間の真ん中にいて、エリーザはソファーに座っていた。ダニエウが、この大きなスーツケースの中に入っているものは何か、と私に訊ねた。

七十、スーツケースの中には男の体が入っている、とダニエウに答えた。テレーザは大笑いした。私たちはとても緊張していた。

私は女のおふざけに寛容だ。スーツケースの中には男の体は入らない。

ダニエウ、二人まで入るわよ、と言った時、私の目とエリーザの目が合い、すべてが一秒以内に言葉もなく、取り決められた。

七十一、ダニエウは私たちのために物事を簡単にしてくれているようにさえ思えた。彼は身を屈め、私とテレーザは床に置き忘れていたブロンズの彫像をつかんだ。

いつもと違うものがあるのは好きではないな。居間の真ん中に投げ出されたスーツケースと馬、それが俺の神経を動揺させる。テレーザは俺に何かを見せたいから、目を閉じるように言う。馬鹿な女だ。

彼が目を閉じると、両手で彫像を持って、彼の頭を思いっきり殴った。

七十二、馬鹿か、気でも狂ったのか？　痛ってぇ。

ダニエウはよろめいたけれど、倒れずに、支えながら、ソファーに座った。テレーザの手から彫像を取って、ダニエウの頭を何度も殴ると、彼はうめきながら床に倒れた。

エリーザがダニエウを殴って疲れているのに、ダニエウが死んでいないのがわかって、私は彫像をつかんで、彼が黙るまで殴った。

七十三、私は彼を殴っているときに心地良さを感じたとエリーザに言った。彼女もそう思ったけれど怖かったと言った。

二つの体をどうするのかテレーザに訊ねると、彼女はダニエウの車に乗せて、人気のない海岸に捨てようと言った。家に戻って、夕食を食べた。遅くなってから、病院と警察に電話をかけ、私の友人宅に迎えにくるはずの夫が現れないと言った。
七十四、ペドロが私と一緒に別荘にいたとき、だれも彼を見なかった。私たちは殺人を犯すようには見えないから、決してばれることはないだろう。
一人や二人くらいの人を殺すのは簡単だ。特に、動機がない場合には。

15　大腸

作家に電話をしてインタビューを申し込んだ。作家は〝単語ごと〟に支払われるなら受けると言った。一存では決められないので、雑誌の編集者に相談すると伝えた。

「七語までならきみに無料で言うことができるけれど、聞きたいかい？」と作家が言った。

「聞きたいです」

「木　一本　選べ　そして　子供　一人　殺せ」と作家は言って電話を切った。

俺にとっては、この七語というのはなんの価値もなかった。しかし編集者の考えることは違った。直接二人の間で単語ごとに支払われることが取り交わされた。

　俺は作家の家で面会する約束をした。作家は書斎で俺の応対をした。

「あなたはいつから書き始めたのですか？」とレコーダーにスイッチを入れながら訊いた。

「だいたい十二歳の頃からだ。短い悲劇を描いた。優れた物語は最後に誰かの死で終わらなくてはならないといつも考えていた。だから今日までにたくさんの人を殺してきた」

「それは死に対する病的な不安を意味すると思いませんか？」

「生に対する健全な関心であるともいえる。結局同じことだ」

「この部屋には何冊の本がありますか？」

「約五千冊だ」

「すべて読みましたか？」

「ほとんど」

「毎日読みますか？　何冊ですか？　ペースはどのくらいですか？」

「一日最低一冊は読む。今日は一時間に百ページの速さで読んでいる。以前はもっと速く読んでいた」

「最初に本を出したのはいつですか？　時間がかかりましたか？」

「かかったね。俺にマシャード・ジ・アシスと同じように書くことを要求してきた。そんなことはしたくなかったし、できなかった」

「誰が要求したのですか？」

「本、新聞の文学欄、文芸誌を出版する輩たちだ。奴らは牧草地の黒人の子供、グアラニー族、奥地の人々について書いてほしいのだ。私は都会の中心にあるアパートに住んでいた。部屋の窓からネオンガスで着色された広告を見たり、自動車のエンジンの音を聞いたりしていた」

「あなたはなぜ作家になったのですか？」

「我々のような人物というのは聖人になるか狂人になるか、革命家になるか無法者になるか、そのどちらかだ。エクスタシーにも権力にも真実などないのだから、私は作家と無法者の中間になったのだ」

「あなたのことをポルノ作家だと批判するのを聞いたことがありますが、そうなんですか？」

「そうだ。私の本は歯のない貧乏人でいっぱいだ」

「あなたの本はとても良く売れています。そういう社会のマージナルな人々に関心がある人が多いということでしょうか。私の友人がある時、靴を履いていない人たちの話なんて興味がないと言っていました」

「靴は履いていることもある。無いのは常に歯だ。虫歯になると痛み始めて、貧乏人は仕方なしに歯医者へ行く。そういう歯医者にはたいてい、正面の入口のところに巨大な入れ歯のあるプラスチックの広告がある。歯医者は歯を詰めるのにいくらかかるかを説明し、抜くほうがずっと安いと言う。先生、じゃあ抜いてください、とその貧乏人が言う。そうやって、一本抜き、また一本、結局、一本か二本しか残らず、後はおわかりのとおり。彼に絵になるような容貌をあたえ、偶然にもヴァスコとの試合でフラメンゴ〔ヴァスコ・ダ・ガマとフラメンゴは共にリオデジャネイロ州を本拠地とする人気のサッカーチーム〕を応援する映画に出演する幸運に恵まれたら、観客を笑わせることができるであろう」

作家は立ち上がり、窓まで行き、外を眺めた。そして本棚にあった一冊を手にとった。

「しかし、私はマージナルな人たちがルンペン・ブルジョワジーに到達することだけを書いているわけではない。洗練された高貴な人についても書くことがある。きみはこの本『サン・セヴェリーノ公爵夫人の手紙』を読んだかね？　サン・セヴェリーノ公爵は大変な金持ちだったが、若くて美貌の妻、サン・セヴェリーノ公爵夫人を好きではなかった。

公爵の母親、年老いたサン・セヴェリーノ公爵夫人が嫁を気に入らなかったのだ。というのは、彼女が息子と結婚する時に、彼女はただの男爵家出身だったからだ。この若い公爵夫人はお城の中で恐ろしい日々を過ごしていた。特に、崇高な夕食時、家系図の話題になると、公爵家はピピン三世まで遡ることができたが、元男爵家の夫人の家系は十七世紀までしか遡れなかった。屈辱や攻撃に耐えることができず、若い公爵夫人は、円熟した博識の医師から精神分析を受けることにした。彼女は結局この医師と恋に落ちるが、精神分析医は若い公爵夫人との肉体関係を拒み、彼女の彼に対する感情は単なる転移であり、自発的恋愛感情ではないと断言した。絶望した若い公爵夫人は珍しい蘭の栽培に興味を持つようになり、それが彼女のあらゆる苦しみを解放した。もちろん、これは脚色されて教化された物語の要約だ。興味深い性格づけに満ちていて、読者が無理することなく言葉の意味の核に入り込むことのできる文体となっている。でもだからといって、ただ面白いだけではない。花、美しさ、気高さ、金銭についても書かれている。これらはあらゆる人が獲得したいと願うものだ」

「精神分析医という人物をシンボルにしているところをみると、科学が存在しているのでしょうか？」

「それに対しては決定的に潔白だ。私は明らかにマルセル・プルーストの手法でこの本を書いた。本の冒頭で、若い公爵夫人は小さな男爵夫人であった幼少期を思い出す。宮殿の庭園で、夕方になるとマドレーヌを食べたり、メヌエットを踊ったり、チェンバロを弾く練習をする。その後、年老いた男爵の父親がポルトガルの難破船でひどい死に方をしたり、年老いた男爵夫人で狂女の母親が、雪に覆われた松林と頂きに位置したスイスの療養所に入院したりする。結末は、失敗に帰する結婚、分析医クレインとのロマンス、蘭の栽培という話で終わる。この本は蘭とともに終わる。牧歌的で多神教の賛歌の一種だ」

「若い公爵夫人の歯はすべてそろっていたと想像しますが」

「いいかね、何本かは差し歯だ。しかしそのことはあまり明らかに述べられていない。何のために読者を失望させるのかね？　ただ、ある一カ所で、彼女が苦労して桃を食べなくてはならなかったとだけ書いた。わかる人にはわかると思うが、〝私には勇気があるだろうか……〟からの詩的引用だ。その上、歯は白くて完璧だ。すでに言ったことがあるが、重要なのは現実ではなく真実だ。真実こそ信じられるべきものなのだ」

立ち上がって、作家が手に持っていた本を渡すよう促しながら、手を伸ばした。表紙には若い公爵夫人ではなく黒人の小人が描かれていた。本のタイトルは『近視で背中にこぶがあり、神父で黒い小人』であった。

「この本にはポルノグラフィを含めて、さまざまな解釈があります。ポルノグラフィについて話しませんか？」

「ジョアンズィーニョとマリアは、父親に森の散策へと連れて行かれた。父親は、二人の母親と共謀して、子供たちが狼に食べられてしまうように見捨てようとしていた。ジョアンズィーニョとマリアは森へ連れて行かれると、父親の考えに不信感を抱き、道にパンの小片をひそかに落として行った。パンの小片が彼らを帰宅の道へと導くからだ。しかし一羽の小鳥がすべて食べてしまい、見捨てられた二人は、森の中に迷い込み、魔女の手中に落とされる。ジョアンズィーニョの勇気のおかげで、二人は油の煮えたぎる鍋に魔女を放り込むことに成功する。魔女は激しいうめき声と哀願で長時間苦しみ、死んでしまう。その後、子供たちは魔女の家から盗んだ財宝を家に持ち帰り、再び一緒に暮らした」

「それは童話ですよね」

「みだらで、不誠実で、屈辱的で、猥褻で、下品で、汚く、不潔な物語だ。それなのに、世界中のあらゆる、あるいはほとんどすべての主要な言語で出版されている。父から子へ、教育的物語として受け継がれている。泥棒であり殺人者の子供たち、犯罪者の親、他人の家に入ることは許されないはずだが、本の中ではそれを隠そうともしない。これは本当に非道徳的物語だ。言葉が持つ汚さという意味において。だから、ポルノグラフィなのだ。しかし品位の擁護者がポルノグラフィ的なものを非難するときはたいてい、性的要素や排泄的要素が描かれているか、表象されているか、あるいは、下品な用語と呼ばれる一般的に通俗的な言葉を使用しているか否かによって判断する。すでに誰かが言っていることであるが、人間は動物的本能を思い起こすことにより間違いなく影響される。また、これも既に言われていることであるが、人間だけが、その裸によって同伴者を攻撃する唯一の動物であり、自然の行為を同類から隠れて行う唯一の動物である」

「言葉もそうしたことに影響されているのでしょうか?」

「もちろん。だからメタファーが生まれたのだ。我々の先祖は〝やる〟という言葉を使わなかった。彼らは〝一緒に寝る〟、(フランス語で時々使用されたのは)〝愛し合う〟、〝関係する〟、〝性交〟、〝肉体結合〟、〝交接〟、〝性行為〟など、あらゆる言葉を使っていたのに、〝やる〟だけは使わなかった。以前、婉曲的な法学の教師がいたが、誘惑のケースについて話をするときに、ご存知のように、法律用語では性行為という言葉が採用されるが、ラテン語では〝ペニスを膣に挿入する〟と表現していた。文献学者や言語学者もタブーに囚われる人たちだ。いつか、文献学者に『やる』というタイトルで本を書いてほしいね。人類学者によると、下品な名前をつけることに対するこうした規制は、近親相姦を禁止する先祖代々のタブーに原因がある。哲学者によると人間を動揺させ、怯えさせるのはその物自体ではなく、それに対する考えや想像である。つまり、人間は象徴界に生きており、言葉、神話、芸術、宗教はこの世界の一部を成し、人間の経験の組み合わされた網を織る多様な糸である。一八八四年に、フランスの神経病学者、ジル・ドゥ・ラ・トゥレットが、ある患者が始終卑猥だとみなされる言葉を叫ぶという異常な行動を観察した。罵る行為をする時、筋肉のチック症状を伴っていた。この一連の症状はトゥレット症候群と呼ばれる。今日まで、その原因は正確には明らかにされておらず、決定的な治療も存在しない。おそらくタブーの秩序の厳格さに抗することのできないことの反応ではないかと考えられ、あるアメリカ人医師が患者に可能なかぎり最も大きな声で最も迅速に、力が尽きるまで、卑猥な言葉を繰り返し言わせるという治療技術を開発した。その光景を想像してみたまえ。精神科医の診察室の前を通ると、バロウズの狂気的な文章の一節と同類の文章を言っている。患者は体をメトロノームのような電極の機械に結び付けられている。そのメトロノームは速さをコントロールし、猥褻な言葉を一分間に二百個叫ばなくてはならない。きみは一分間に二百個もの卑猥な言葉を叫ぶことができるかね？」

カセットのテープを変えながら、「たぶんできません」と俺は言った。

「リズムを維持するために、必要な速さで卑猥な言葉を叫ばないと電気が流される。その治療は患者に最小の興奮抑制を生み出すのを目的として行われる。しかし、むしろ、一時的な緩和が欠乏すると、興奮抑制に耐えられなくなり、感情が爆発して、新しい興奮抑制の被覆の再移植を要求するという反社会的行動が起こる。思うに間違っているのは、抑制が個人のバランスに必要であると仮定する点である。逆が真実ではないだろうか。解放の可能性のない興奮抑制は個人の健康に深刻な害をもたらす。賢明な社会組織では、代理経験の軽減や緊張緩和という伝達経路が抑制されることを阻止すべきであろう。ポルノグラフィに代わるものは精神病、暴力、爆弾だ。〝卑猥な言葉の日〟という国民の日が制定されるべきだ。いわゆるポルノグラフィ抑制によるもう一つの危険性は、検閲を正当化し、永続化させる態度だ。いくつかの言葉は書かれるべきでないほどあまりに有害であるという主張が、表現の自由を妨げるあらゆる試みよって、通ってきた」

「あなたはポルノグラフィとされるものが消滅しつつあると思いませんか？　日曜日に聞いたのですが、サッカー場で、女の子たちのコーラスが次のような歌をスポーツ精神にのっとって歌っていました。

一、二、三
四、五、千。
私はフル〔リオデジャネイロ州のサッカーチーム・フルミネンセの愛称〕に
子を産んだ売女めがけて突っ込んで欲しい。

「〝売女〟と〝子を産む〟、この二つの言葉は共に〝やる〟という卑猥な言葉に由来している。明らかにこのケースにおいて、言葉は緊張と抑圧の軽減というカタルシス的効果を発揮している。この現象は個人の統制が起きている時に常にみられるものであり、戦争や、たとえ平和の時でも、兵営や収容所、刑務所、学校、工場、人口が過密化した都市や産業地帯においてみられる。このような場合、禁止された言葉の使用は抑圧に対する体制批判のひとつの形である。しかし、基本的に、今日いまだに存在するポルノグラフィは我々の文化の潜在的な反生物学的偏見の結果である。ある女性作家の不満を読んだことがある。ポルノグラフィ的言語表現が、あまりに陳腐な表現で悪用され、捻じ曲げられ、変形されてしまうから、宗教、愛といった崇高な言葉の反対側に置かれてしまい、多くの人に取り、性行為の喜びの半分である猥褻さの甘美さを表現するものはなにも残らなくなってしまうと嘆いていた」

「ご著書『小人……』はポルノグラフィであると考えてよいのでしょうか」

「ポルノグラフィであるとみなされる本の多くは一連のエロティックな描写で特徴づけされている。そういった描写の目的は読者を心理的に刺激するためである。それは一種のレトリックな催淫薬だ。読者が支配される一次元の展開から、気をそらしてしまうあらゆる要素が避けられている。この本は構成がかなりシンプルであり、登場人物のエロティックな性関係を巡る話だ。筋立ては基本的に登場人物に従っており、スカトロジーや倒錯の程度が異なる。こうした文学のタイプは広く示されてこなかったので、読者の大半は刺激される。低俗なエロティックの充満ほど、うんざりするものはない。ご指摘いただいた通り『小人……』の複雑さはこの手のカテゴリーを拒絶する。この本には一人の小人も出てこない。それにもかかわらず、批評家の中には、小人は神をシンボル化していると断言する人もいるし、また別の批評家は小人は永遠の美の理想を表象すると言い、さらに別の批評家は第三世界の不公正に対する反動の叫び声だと評している」

「でも、この本を、汚れた心で混ぜ合わされた根拠のない陳腐さ、露骨なエロティシズム、淫らで、不要で、くだらない行為のごった煮にすぎないと言った批評家もいました」

「ごった煮かシチューか？　彼らはジョイスについても似たようなことを言っている」

「あなたは自分がジョイスに似ていると思っているのですか」

「ジョイスなんて嫌いだ。自分より前の時代の人も同時代の人もみな嫌いだ」

「あとでその話をしましょう。さしあたって、ポルノグラフィの話題からそれたくない。いいですよね？　ポルノグラフィの本を読むことは、個人を不健全、あるいは反動的な行動へ導くのでしょうか？」

「その逆だね。多くの人にポルノグラフィの本を読むことを薦めるべきだ。つまり、同様のカタルシス的理由で、アリストテレスはアテネ市民に劇場へ行くよう提案した」

「つまりそういう人たちにとり、理想はポルノグラフィ的な劇であったということでしょうか？」

「まさにそうだ。ポルノグラフィと呼ばれるものは一度も害を及ぼしたことはない、時には有益だったりもする」

「でも、教育者、心理学者、社会学者を含め、多くの人はそう考えないでしょう」

「ポルノグラフィをあらゆる分野で、特に、プライベートな日常で受け入れる人々がいる。しかし、そうした人たちも、ホラーティウスのように、芸術とは甘美で有益であるべきだと信じているために、芸術の分野では受け入れない。芸術に道徳や余暇の機能を負わせようする人々は、大衆の安全や幸福を口実にして実行される検閲の強制を結局は正当化してしまう」

「安全といえば、テロリスト的ポルノグラフィは存在するのですか?」

「存在する。他のポルノグラフィとは逆に、そうしたポルノグラフィは制淫薬的記号を有しており、セックスは魅惑でも論理でも健全でもなく、単なる力なのだ。しかし、テロリスト的ポルノグラフィはあまりに奇異なので、すでにサイエンス・フィクション的ポルノグラフィと呼ばれている。このジャンルで傑出する作品というと、サド侯爵やウィリアム・バロウズの作品がある。シンプルな精神に驚愕、茫然、恐怖を引き起こすが、本の中には木、花、山、川、動物は現れない、人間の本性だけだ」

「人間の本性とは何でしょうか」

「私の著書『大腸』では、人間の本性を理解するには、すべての芸術家は身体の悪魔祓いをしないこと、また、我々だけにできる方法で、科学者とは異なる方法で、身体と精神のいまだに謎で不明瞭な関係を調べる必要がある。動物の機能をあらゆる相互関係において詳述しなくてはならない」

「ポルノグラフィには、例えば、宇宙旅行や麻疹のように未来はありますか？」

「ポルノグラフィは排泄や生殖器官、生、死に抗することを特徴づける機能（食や愛、その実施と結果）、つまり、排泄、性交、精液、妊娠、出産、成長に結びついている。我々の旧友であり、生のポルノグラフィだ」

「ゴーラ（ジェフリー・ゴーラ（英、一九〇五―一九八五年、人類学者）、『マルキ・ド・サドの革命的思想』（一九三四年）や『マルキ・ド・サドの生涯と思想』（一九五三年）を執筆）が望んでいたような、死のポルノグラフィというのは存在するのですか？　他の人の名前を出してすみません。あなたが好まないことはわかっていますが、アリストテレス、ジョイス、ホラーティウスといった先人の名前を出したのはあなたですから」

「そういうポルノグラフィは作られている。しかし、性交が言及されるようになり、女の子たちのコーラスで、古いタイプのポルノグラフィの卑猥な言葉を使った応援歌がスタジアムで歌われるにつれ、死のポルノグラフィはますます言及されなくなっている。つまり、死は自然のプロセスであり、肉体の衰退の結果である。それはポルノグラフィ的な死と呼ばれ、ベッドでの死や病気の死はどんどん人目につかなくなり、拒否され、忌むべきものとして、猥褻だとみなされる。別の死に方、犯罪、災害、紛争といった暴力的死は、今日ではテレビで大衆に提供されるファンタジーの一部となっている。古くはジョアンズィーニョとマリアの物語がそうであったように。つまり、新たなポルノグラフィが出現している。我々はそれをゴーラのポルノグラフィと名付けることができる」

「あなたは電話で、モットーを言っていた。木　一本　選べ　そして　子ども　一人　殺せ。これはあなたが人間を嫌うことを意味しているのですか？」

「私のスローガンは野生動物を一匹選べ、そして、人間を一人殺せ、とも言うことができる。これは嫌うからではなく、その逆だ。自分の同類を愛せよということだ。人間が虫を貪り食うものになり、その後、貪り食う虫に変貌することを私は恐れている。現在、人口が増加している。しばらくしたら、世界は過剰人口になるであろう、すると、技術に過度に依拠するようになり、蟻の巣の体系に近い統制の必要が生じてくる。そして、親が子に残す最良の遺産は、子供たちが食べるための身体を残すことであろう。今こそ、我々芸術家や作家が普遍的な文化運動や宗教運動を起こす時がきたのだ、我々の死者の肉を食べるという習慣を作り出すのだ。キリスト、アッラー、モハメッド、モーゼもこのキャンペーンに巻き込む。現在、プロテインの恐るべき無駄が起きている。スウィフトや他の者たちもすでに似たようなことを言っているが、彼らは諷刺を作り出したにすぎない。私が提唱するのは新しい宗教なのだ、超人間中心、神秘的食人主義だ」

「あなたは父親を食べることができますか」

「シュラスコ〔肉を串刺しにして炭火で焼くブラジルの代表的料理〕やシチューでは食べられない。しかし、あの映画の中に出てきたように、クッキーの形であれば、父親を貪り食うことにまったく嫌悪感を抱かないであろう。焼いた母親を雛鶏のように、丸ごと食べたい人もいるかもしれない、指や唇を舐め、母はいつもとてもよかったと言いながら。これは好みの問題だ」

「あなたは、あなたが想像する読者のために本を書いているのですか？」

「読者の中には、余暇の時間をずっとテレビを見て過ごす植物人間と同じくらい馬鹿な奴らもいる。文学は不要だと言いたいがができない。今日、世界には技術者がどんどん増えている。原子力発電所ごとに、たくさんの詩人と芸術家が必要なのに、我々は核爆発を前にして、用無しになろうとしている」

「ラテンアメリカ文学というものは存在しますか？」

「笑わせないでくれ。構造、文体、性格付け、その他すべてが類似するとしても、ブラジル文学なんて存在しない。同じ言語、つまりポルトガル語で書く者は存在する、すでにたくさんあるし、なんでもある。だが、私はギマランイス・ホーザ〔ジョアン・ギマランイス・ホーザ（一九〇八―一九六七年）。ミナス・ジェライス州のセルタン（奥地）に生きる人々（牛飼い、農民、老人、子供、野盗等）を神話的な世界観で描いた〕とはなんの類似点もない、私はテクノクラートたちが有刺鉄線を尖らせる一方で、都会に住む貧困層について書く。我々は、イギリス人やドイツ人ら（フンボルト？）の低能な科学者たちが赤道下には文明を築くことはできない、と言ったために、何年も心労した。袖をまくり、飲み屋でのおしゃべりを止め、プラスチックの看板のある軽食堂から始めて、彼らが望むような文明化をして、サンパウロ、サント・アンドレ、サン・ベルナルド、サン・カエターノ〔いずれもサンパウロ州の工業都市〕の街を創り出した。これらの街は致死の種を有する我々の熱帯のマンチェスターだ。昨日まで、サンパウロ州の産業連合のシンボルは、大気に立ちのぼる黒い煙を放つ三本の煙突だった。我々はあらゆる生き物を殺し、アルマジロでさえ耐えられず、多くの部族が絶滅し、何百万本もの木が日々切り倒されている。まもなく、すべてのジャガーが風呂場の敷物になり、パンタナールのワニはバッグになり、バクは代表的なレストランで提供され、また、あとで友人に自慢話をしたいだけでカピバラのテルミドール風を注文し、ほんの少しだけ食べて、残りは捨ててしまう。もはやジアドリン〔ギマランイス・ホーザ『大いなる奥地』（一九五六年）の主人公の野盗ヒオ・バウドの仲間。女性であるが、他の野盗から身を守るために、父親が男装させていた〕には何も残らない」

「それで、ラテンアメリカ文学はあるのですか、ないのですか？」

「あるとしても、クノップ〔米国の大手出版社、アルフレッド・A・クノップ社の創業者〕の頭の中にだけある」

「本を書くことであなたは何を言いたいのですか？　あなたは本を通じて若者に助言をしているのですか？」

「私は助言なんかしていない。たとえ、ある人が自然の法則を採用して、自分のフィクションで『人間喜劇』を書いたり、あるいは、そうした法則に反して『変身物語』を書いたりするとしても、早晩、その人は自分の本を書くことになるであろう。固執すれば、結局は自分の手を汚すことになる」

「最後の質問です。あなたは書くことが好きですか」

「いいや。どんな作家も本当は書くことが好きじゃない。私は恋愛したり、ワインを飲んだりするほうがいい。私くらいの年齢になると、他の事で時間を無駄にすべきではない。でも、私は書くのを止められない。一種の病気だ」

「ここまでで十分だと思います」と言って、俺はレコーダーを止めた。

　インタビューを書き起こして、編集者のところへ持って行った。

「このインタビューはフランスの古典『死者の対話』〔ベルナール・ル・ボヴィエ・ド・フォントネル（仏、一六五七―一七五七年）の『死者の対話』（一六八三年）」に似ていますね。さかさまです」

「このまま出版しよう」と編集者が言った。

作家に電話をした。

「あなたは二千六百二十七語を話しましたから、それに相当する金額の小切手を送ります」

作家は喜びもしなかった。そして再び電話を切ってしまった。

「こういう作家というのはなんでも知っていると勘違いしている」と俺は苛立って言った。

「だから危険なんだ」と編集者が言った。

訳者あとがき

一九七五年に上梓されたフーベン・フォンセッカ（Rubem Fonseca）の『あけましておめでとう』（*Feliz ano novo*）は、ブラジルの軍事政権下で一九七六年に発禁処分となっている。

一般的には自由で開放的なイメージを伴うブラジルだが、およそ半世紀前の一九六四年から一九八五年までの二十一年間は、軍事政権により、表現の自由は厳しい制約下にあった。一九六九年から一九七三年にかけて「ブラジルの奇跡」と呼ばれるほどの高度経済成長を成し遂げる一方で、一九六八年から一九七四年は「鉛の時代」と呼ばれ、軍政令第五号（AI-5）による言論統制と政治弾圧が行われた。政府は、圧制に対する国民の批判をそらそうと、マスメディアを介して「偉大なるブラジル」、「進歩し続ける国」といった肯定的イメージの大衆向け宣伝を徹底した。

本書は、エルネスト・ガイゼル大統領（一九七四〜一九七九）の政権時に出版された。ガイゼル大統領は、経済悪化や民主化を求める社会情勢を背景に、政治的緩和政策を一九七四年に発表する。それは民政移管を標榜したものであったが、「ゆっくりと、段階的で、確実な」移行を条件としており、その後も圧制は続いた。出版物の事前検閲こそ一九七五年には廃止されるが、大統領は社会の性急な変化を忌避し、書籍への検閲を強化した。そうした中で、『あけましておめでとう』は一九七五年十月に一万部の発行部数をもって初版が刊行された。国内のインテリ層が講読する月刊誌『ヴェージャ』(*Veja*)の同年十一月号の文芸欄には、作家アフォンソ・ホマーノ・ジ・サンターナの書評が掲載され、「この作品の表面的な解釈では、本書にエロティックでポルノグラフィ的なものと烙印を押してしまうであろう」と読者に注意を促している。次号の十二月号では、大手書店の国内作品売り上げ総合第二位にランキングされている。一九七六年二月に第二刷一万部が、さらに六月に一万部が増刷された。こうした国民からの関心に反して、政府は一九七六年十二月に、本書の国内における出版を禁止し、書店の在庫や既に販売された本を押収するという行政処分を下したが、その時点で既に市場には三万部が出回っており、事実上のベストセラーとなっていた。

ブラジル政府法務省による発禁処分の理由は二つあった。一つは、本書が猥褻さを目的として書かれており、「公序良俗」に反しているということであり、もう一つは、本書が社会に暴力行為を誘発するということであった。前者の猥褻さの理由は、強姦や性暴力の描写であり、後者の反「公序良俗」は、作品が社会の暗部に焦点を当て、低俗な言葉を使う暴力的人物像が描かれているが、物語では暴力行為が何の処罰も受けていないため、作家が犯罪行為を擁護しているという理由であった。フォンセッカは、法務省によるこれらの指摘を否定し、検閲という政令そのものが正当な根拠のない違法であると反論し、一九七七年四月には連邦政府に対して発禁処分の解除と本書及び作家本人に対する損害賠償を求める訴えを起こし、連邦控訴裁判所において審理が始まった。当時の軍事政権の検閲により発禁処分となった本や作品は五百以上にも及ぶが、作家が政府に対して訴訟を起こしたことで、同様の処分を受けた他の本以上にフォンセッカの作品は関心を集めた。そうして国内で本書が発禁処分となっていた間に、一九七七年にはスペインで、一九七九年にはフランスで、それぞれの言語で翻訳が出版された。なお、フォンセッカは、短篇小説「徴収人」("Cobrador", 1979) でも発禁処分を受けている。

軍事政権の検閲による言論統制に対しては、多くの政治家や知識人、芸術家が異を唱えていた。一方で、フォンセッカは、外資系企業に勤めていた立場から、軍事政権当時はマスコミからの取材を拒否し、公的な場において自らの政治的立場を明確にしなかった。そうした沈黙に対して、作家が一九五〇年代に右派系の新聞社で仕事をした経歴があることを理由に、軍事クーデターを支持していたという誹謗・中傷も生まれた。このことに関して、作家リジア・ファグンジス・テーリスの回顧録「雲の陰謀」(2007) では、『あけましておめでとう』が発禁処分を受けた一九七六年に、フォンセッカから電話があったことを明らかにしている。フォンセッカは数名の知識人と共に、知識人による検閲反対の署名を千人分以上も集めており、筆頭には文学研究者アントニオ・カンジドや社会学者セルジオ・ブアルキ・ジ・オランダが署名しているという。フォンセッカは、法務大臣アルマンド・ファウカォンへ提出する嘆願書の代表者として協力してほしい、とテーリスへ依頼する。テーリスがサンパウロからリオデジャネイロに向かうと、作家ジョゼ・ロウゼイロの自宅には、フォンセッカの他に、作家ネリダ・ピニョンや文学研究者ファビオ・ルーカス等が集まっており、ブラジル全土から集められた知識人による署名「検閲に反対する千人以上の宣言」("Manifesto dos mil contra a censura")が準備された。そして、歴史学者のエリオ・シウヴァ、ジャーナリストのジェファーソン・ヒベイロ・ジ・アンドラージ、ネリダ・ピニョンとテーリスの四名が代表者として署名を携え、ブラジリアへ向かう。この時、ブラジリア行きの飛行機が遭遇した悪天候から、四名は政府の対応を案じ、その予見どおり法務大臣は嘆願書を受理しなかった、というエピソードが記されている。

フォンセッカの裁判に対して、多くの知識人や作家がフォンセッカを支持する意見表明を行った。文学研究者のアフラニオ・コウチーニョは、性という人間の根本問題を扱った海外の古典作品、中でもD・H・ロレンスの『チャタレイ夫人の恋人』やジェイムズ・ジョイスの『ユリシーズ』等の裁判の判例に言及しながら、ポルノグラフィに分類されるものは「エロティックな感覚を刺激」することを目的として書かれるものであり、本書はそれを目的としていないこと、また、使用される言葉の低俗さや残酷な暴力行為は、作家が考案したものではなく、ブラジル社会の実態そのものなのであり、社会的不平等が解消されない現実への警鐘として、文学という芸術的手段で表現した作家がフォンセッカであった、ということを主張した。軍事政権時に始まった裁判は民政移管後も継続し、遂に一九八九年に作家側の主張が認められ、十年以上に及んだ本書の発禁処分は解かれることになった。

ここで作家の経歴について触れておこう。フーベン・フォンセッカ（一九二五〜）の出生地はリオデジャネイロ州の北側に隣接するミナス・ジェライス州である。父親の商売のために、フォンセッカは八歳の時に家族とともにリオデジャネイロ市に移り住んだ。しかし、商売は失敗し、母親が針仕事をして一家の生計を立てていた。フォンセッカはリオデジャネイロ連邦大学で法学を修め、卒業後は弁護士として働きながら、新聞社で校正の仕事をした。弁護士業の収入が十分ではなかったため、一九五一年に入学試験に合格した警察学校で学ぶことを決める。この時期にフォンセッカは人間の心理分析に関心を持ったらしい。その後、リオデジャネイロ州の警察で選抜された十名の一人として、一九五三年から一九五四年の半年間、米国の警察で訓練を受けるために渡米し、昼間は米国の警察で、夜間はニューヨーク大学で経営学を学ぶ。この米国滞在中に、フォンセッカは多くのハードボイルド小説や推理小説に接する機会を得る。帰国後、リオデジャネイロ市ボタフォゴ地区の警部となり、警察署長に昇格するが、事件の現場を担当することはなかったようである。また、ジェトゥリオ・バルガス財団では、パブリック・リレーションズのコースを受講し、首席で修了する。その後、フォンセッカは一九五八年に警察を辞め、リオデジャネイロに本部のあるカナダ資本の民間電力会社ライチ（Light）で働く。ライチでの仕事の傍ら、演劇や映画のシナリオを書き、一九六三年に作家としてデビューする。一九七〇年代初めにはライチの重役となり、同社を退職した一九七九年以降は、作家業に専念する。

ブラジルの一九六〇年代から一九七〇年代はブームと呼ばれるほど短篇作品が開花した時期であった。フォンセッカもそうした流行に乗っていたと言える。『囚人たち』（*Os prisioneiros*, 1963）に続いて、『犬の首輪』（*A coleira do cão*, 1965）、『ルシア・マッカートニー』（*Lúcia McCartney*, 1969）と、一九六〇年代に三つの短篇集を発表している。フォンセッカの作品は、デビュー作から一貫してリオデジャネイロが舞台であり、多層な都市住民の生き様に焦点があてられる。ブラジルは一九五〇年代から都市化が進行し、その後の高度経済成長期に向けて、都市の様相は変化の一途をたどる。作品では、社会的地位の違いから幼少期の友情関係を取り戻せない若者、他人からの施しや売血で日々の糧を得ている貧しい若者、仕事のストレスで精神科医のカウンセリングを受ける中年男性、人生に迷う恋人を支える娼婦などが登場人物として描かれるが、作品を経る毎に、人間関係の亀裂と、相互に希薄で、孤立感や疎外感の高い都市住民の様子が描かれる。しかし、それでもまだ、この時期の登場人物と他者との会話は成立し、愛情、友愛、信頼関係が築かれ、精神的・物理的に離れた人間関係を修復しようとする登場人物の意思を見ることができる。また、これらの三つの短篇集には暴力的内容が既に含まれている。例えば、短篇集のタイトルになっている「犬の首輪」は、フォンセッカが得意とする刑事物語であり、ファヴェーラの麻薬密売グループの抗争が題材である。市民生活を脅かす一触即発の事態にあるが、物語のほとんどが夜間に進行し、殺人事件は報告という形で叙述され、残酷な場面はほとんど現れない。この物語で暴力をふるうのは犯罪者ではなく取り調べの警察官である。フォンセッカは、警察組織の腐敗やセンセーショナルな新聞報道で市民を不安にするジャーナリズムを批判すると同時に、ファヴェーラの住民や下級警察官の貧しい生活を描写し、公平で偏見のない主人公警部が同僚や密売人グループと信頼関係を築く様子を描いている。

一九七三年には、初めての小説『モレウ事件』(*O caso Morel*)を発表する。モレウという造形芸術家が恋人殺人の嫌疑で収監されている。そこに、元警察官であり元弁護士で現在は作家のヴィエラという人物が、面会を通じてモレウを取材するという設定である。モレウの断片的な話は、上流階級の女性から娼婦に至るまでの複数の女性との性的倒錯と言えるような肉体関係が主な内容である。一方で、モレウは芸術文化のあり方について、自分をマージナルな芸術家であると自負し、良識に囚われた主流派や伝統的ないし商業的な芸術活動への批判を展開する。芸術家は、自由に、挑発的に社会の深層に立ち入るべきなのに、時流に流されて、問題を直視することを避け、平穏無事な生活を送っていると皮肉る。本小説の躍動感ある単刀直入な表現やユーモア、アイロニーにより、フォンセッカは本小説を皮切りに一躍ベストセラー作家となる。『モレウ事件』は発表年にブラジル国内で最も売れた一冊となった。

本書『あけましておめでとう』には十五の短篇小説が収められている。作品全体には、軍事政権を批判する直接的な表現は見当たらないが、作家は、暴力、言語、身体表象を通して、当時の軍事政権下の実態を批判的に描いている。

巻頭の短篇「あけましておめでとう」で大晦日のパーティーを祝う富裕層宅での残忍な強盗グループの行為は、読者の誰もが嫌悪するであろう。ブラジルでは一九七三年からカラーテレビが販売された。政府は国内の貧困や経済的・文化的な遅れをテレビでは報道させず、様々な商品が自由に売買される消費社会のイメージを民主的社会の体現と装っていた。物語の冒頭で主人公とその仲間が見ているテレビでは、富裕層が高級品店で買い物をする年末の光景が映し出される。その画面を眺める主人公のアパートではトイレの水が流れず、悪臭が漂っている。仲間の一人ペレーバ（〝腫れ物〟を意味する）は空腹状態で、歯も欠けたままだ。仕事につけない彼らが商品を購入することはまれであり、窃盗が彼らの生計手段である。邸宅で対峙する強盗グループと富裕層は、服装、言葉遣い、道徳観の全てが対照的である。軍事政権下の高度経済成長の恩恵が一部の層に留まったブラジルでは、社会の両極化が進んだ。主人公が最後に発する「あけましておめでとう」は、経済成長の陰で取り残された若者から発せられた、社会に対する嘲笑と皮肉を込めた怒りの声ではないだろうか。読者は本書の最初に、重い一撃を打ち込まれた感覚に陥るであろう。

ポルトガルによる植民地支配によって、社会が形成されたブラジルでは、文学の分野においても暴力は常にテーマとされてきた。なかでも、一九三〇年代の地方主義文学では、ブラジル北東部の大土地所有制に起因する支配層と被支配層の対立がテーマとして多く取り上げられた。野盗は農園主等の支配者から解放されるために徒党を組んで地域を荒らし、暴力行為に及んだ。支配層も殺し屋を雇い、野盗駆逐を図った。そうした争いは凄惨であったが、双方が互いの立場を認知した上での報復の繰り返しであった。野盗は土地や家を荒らす脅威であるが、出自は貧困層であり、支配層から搾取されるという点において小作農民等の住民とは利害が共通していた。このため、地域コミュニティーとはある種の連帯感があったとも言える。翻って、フォンセッカが描く一九七〇年代の都市部での暴力は、個人的な憎悪や不満、ストレス等の解消を目的とした無差別の暴力がほとんどである。

「夜のドライブ　パートⅠ」、「夜のドライブ　パートⅡ」、「他者」の主人公は企業の重役であり、「あけましておめでとう」の強盗グループとは境遇も不満や怒りの原因も異なっている。しかし、自己中心的で、欲望や不満を解消する手段として暴力を用いるという点において、両者は共通する。「夜のドライブ」では、家族関係は冷めており、会話もほとんどない。主人公は唯一思いどおりに操作できる車を使い、利害関係のない誰かを無差別に殺害することで、憂さ晴らしをする。そこには、社会における他者への敬意や人権的な配慮は一切無い、ただ自己満足の世界がある。主人公は人間関係を失っており、ある意味で、社会から隔絶・分断されているとも言えよう。「他者」はいくつかの解釈が可能と思われるが、ストレスで身心に異常を感じ始めた主人公が、日々つきまとう浮浪者を自分に対する脅威と考え、暴力的に殺害する。これも社会・他者との関係性の構築を否定した行為の結果であると言えよう。

これら社会や人間関係を考察するに際して、人称、身体、言語の文学的技法を見ておくことは興味深い。文学研究者アントニオ・カンジドによれば、ブラジル人作家の人称の使い方に関して、一九六〇年代以前の作家は、三人称を採用して社会的な距離感覚を維持しながら民衆的で伝統的なリアリズムのテーマを扱っていたのに対し、現代の作家は、大衆との距離を縮めるために、一人称を採用する傾向が強い、としている。そして、フォンセッカの作品を〝残酷なリアリズム(realismo feroz)〟と呼び、一人称の語り手の視点と物語られる対象との間に客観的な距離が無いため、緩衝の余地がなく、残酷さの度合いが増していると指摘する。

言語に関しては、「あけましておめでとう」の犯罪者と被害者の間での会話がすれ違っているように、ブラジルでは社会階層間の格差がポルトガル語の話し言葉の違いとして顕著に表れる。軍政期における本書の発禁理由の一つは「低俗な言葉」の使用であったが、前述の文学研究者アフラニオ・コウチーニョが指摘するように、低俗な言葉はブラジルの社会格差から生じた構造的な産物である。とくに「あけましておめでとう」や「何とかするしかない」の二つの作品には、一九七〇年代にリオデジャネイロで使用されていた俗語(gíria)、とりわけ、下層階級や低学歴の人々が使用していた攻撃的で粗野な言葉や表現(chulo)が多用されている。フォンセッカは、作品を通して、経済的不平等の拡大による国民の教育格差がもたらす、コミュニケーションの対立・断絶の問題を提起しているのではないだろうか。

身体に関しては、マージナル化を表象する要素として問題化される。最後の作品のタイトル「大腸」は身体の器官である。大腸は排泄に結びつく重要な機能を有するが、身体の中でも清潔ではない負のイメージを伴う器官である。この物語では、一般に〝ポルノグラフィ〟に分類される作品を書くことについて問われた老作家が、身体の理解は暴力行為の回避につながり、卑語には重要な役割があり、ポルノグラフィの禁止は物事の一元化した見方を促し、言語表現の自由な接触こそが平衡感覚を養える、という持論を展開する。折しも、軍事政権が体制批判を禁じ、検閲によって政府の一方的な見方を国民に強要した時代において、フォンセッカは、多元的な視点への価値観を取り戻すために、敢えて極端に不潔ないし低俗なイメージの排泄器官やポルノグラフィを用いることで、読者の注目を引こうとしていたのかもしれない。また、この「大腸」に限らず、本書のいくつかの作品において、〝歯〟に関する言及が度々ある。老作家は、貧しい人はいつも歯が無いと言っている。フォンセッカが警察勤務時代に目にしていた歯が欠け、外傷のある人々の姿は、貧困層の身体的特徴として脳裏に残っていたのであろうか。フォンセッカが、先天的な身体の特徴よりも、経済状況や生活環境を要因とする後天的な身体の特徴に注目する所以であろう。

本書の作品全体で共通する舞台は風光明媚なリオデジャネイロであるが、情景描写はほとんど無いと言ってよい。物語は、人物の独白や対話から構成される多声の物語となっている。そして、各々が現実社会の実態や現代人の道徳性を問う深刻な内容であるが、同時に、登場人物の滑稽な様子が深刻さを緩和させている。また、ブラジル文学にしばしば登場する合法と非合法の間を巧みに往来する人物が、規範的な主流の社会階層の弱みにつけこみ、強弱の関係を転倒させる痛快さもある。ただし、その転倒は最後には再び元に戻ってしまうため、厳しい現実に引き戻される結末に、読者は一種の悲哀と同情を覚えるかもしれない。

最後にブラジル文学について記しておこう。「大腸」の老作家は、西洋の古典文学、ラテンアメリカ文学、それまでのブラジル文学に敬意を払いながらも（インタビューでは逆のことを述べているが）、書くべき文学について模索している。「テクノクラートたちが有刺鉄線を尖らせる一方で、私は都会に住む貧困層について書く」と言っている。ブラジル文学において、社会構造の弊害や貧困問題を扱った作家はそれまでも多く存在した。一九六〇年に入ると、ジョアン・アントニオが、人間の崇高な闘いではなく、身近な問題に目を向け、代表作『マラゲッタとペルスとバカナッソ』（*Malagueta, Perus e Bacanaço*, 1963）を発表した。この作品は三人のマランドロの物語であるが、物乞い、露店商人、娼婦、下級警察官といった人々が、貧しいながらもそれぞれの機知を使って街路で生を営む姿が描かれている。アントニオは一九七五年の試論で、作家は中流階級に身を置く人生の傍観者であってはならず、都市部の七割が住むファヴェーラにこそ共同体の精神が宿っており、そのことを作家が知ろうとしないならば、一体、ブラジル文学はどこに存在するのだろうか、と問題提起した。しかしながら、アントニオが描いた都市は調和した世界に過ぎなかった。現代社会における都市の様相を、斜めからの視線、脱中心化した視点から捉え、社会の不協和音の要因を追求したのは、フォンセッカが先駆者であったと言える。

軍事政権期以降も、フーベン・フォンセッカは短篇小説と長篇小説を精力的に発表している。一九六〇年代から一九七〇年代のフォンセッカの作品を前期、一九八〇年代以降の作品を後期に分けるとすれば、後期の作品はエンターテイメント性を帯びていると言える。一九八二年の小説『偉大な技』(*A grande arte*)は「恋人の日」の主人公マンドラーキが登場し、一介の娼婦の死が上流階級社会や麻薬取引に繋がっていることを突きとめる推理小説であり、一九九一年にウォルター・サレス監督によって映画化された。一九九〇年の小説『八月』(*Agosto*)も推理小説であり、政治ジャーナリストの不審な死とジェットリオ・ヴァルガス大統領の自殺の真相を探る物語で、テレビドラマ化され大ヒットした。フォンセッカの作品は、英語、スペイン語、フランス語、イタリア語、オランダ語、ドイツ語、ポーランド語、デンマーク語に翻訳されている。特にラテンアメリカのスペイン語諸国において、急速な都市化と軍事政権期が重なるという政治社会背景の共通性から、フォンセッカの作品は知られている。文学賞は、国内外で多数獲得しているが、ブラジル国内で最高の文学賞とされるジャブチ賞には、短篇部門で五度、小説部門で一度、受賞している。二〇〇三年には、作品全体の功績が評価され、ポルトガル語圏のノーベル文学賞に相当するカモンイス賞を、同年に、ラテンアメリとカリブ海諸国圏の作品に対して授与されるファン・ルルフォ文学賞を受賞している。二〇一四年、八十九歳にして発表した『アマルガム』(*Amálgama*) は、ジャブチ賞の短篇部門で第一位に選ばれた。この短篇集でも、都市で疎外される人々の生を描き、孤立した人間関係の再構築を試みている。

フォンセッカについて、作家セルジオ・サンターナ（一九四一〜）が、短篇小説「ジョアン・ジルベルトのリオデジャネイロでのコンサート」（1982）で言及している。一九七〇年代中頃のリオデジャネイロが舞台で、作家サンターナと思しき語り手が、ボサノバの創始者ジョアン・ジルベルトの音楽や音に対する信念について文章を書きたいと構想している。語り手はジルベルトについて情報収集する必要があるが、自身の怠惰な性格と、ジルベルトに対する畏怖の念から、なかなか調査に取り掛かることができない。それを見かねた友人から、「フーベン・フォンセッカだったら行くのに」と言われてしまい、語り手は次のように述べる。「フーベン・フォンセッカは、貧乏人を装ってファヴェーラに上り、何が起こっているかを見聞して、それから書くらしい」

その後、フォンセッカに手紙を書く。「本を送ってくれて感謝します。実をいうと、現実を理解し、入念に練り上げるあなたの才能が羨ましいのです」。サンターナが表すように、フォンセッカの姿勢は、社会の現実に近づこうとするものであった。

ブラジルの都市部の貧困や社会的対立を描く作家はその後も多く現れ、一九八〇年から一九九〇年代にデビューしたマルサウ・アキノ（一九五八〜）、ルイス・フファト（一九六一〜）、フェルナンド・ボナッシ（一九六二〜）は、フォンセッカの流れを継承しており、フォンセッカから多大な影響を受けたと述べている。これらの作家も、社会的立場からは、フォンセッカと同じく「ファヴェーラに上って」、外部からの視点でマージナルな社会を描いていた。一九九〇年代末になると貧困地区出身の作家が自らのコミュニティーについて物語るようになり、マージナル文学（Literatura Marginal）というジャンルが二〇〇〇年頃に定着する。このジャンルはサンパウロやリオデジャネイロのファヴェーラ出身の作家たちが、社会的位置から自ら命名したものであり、実体験を基に、貧困や暴力をテーマとした作品を発表している。例えば、作家フェヘィス（Ferréz）が二〇〇六年に『サンパウロでは誰も無実ではない』（*Ninguém é inocente em São Paulo*）という作品を発表し、ファヴェーラの精神的にも物理的にも欠乏した生活や、住民同士の不信感を物語化した。また、日本でも二〇〇八年に公開された映画『シティ・オブ・ゴッド』（*Cidade de Deus*）は、リオデジャネイロのファヴェーラの地区名がタイトルであり、そこを出身とする作家パウロ・リンスが一九九七年に書いた同名の小説が原作である。フォンセッカが追い求めた多元性と自由への行動精神は、着実にブラジル文学に受け継がれている。

翻訳の底本には Org. Boris Schnaiderman: Rubem Fonseca. *Contos reunidos*, São Paulo, Companhia das Letras, 1994を使用した。また、本書に収められているいくつかの短篇作品の英訳、Rubem Fonseca. trad: Clifford E. Landers , *The Taker and Other Stories*, New York, Open Letter, 2008、および、Org. K. David Jackson, *Oxford Anthology of the Brazilian Short Story*, New York, Oxford University Press, 2006を参照した。短篇「あけましておめでとう」の俗語はMalcolm Silverman. *Moderna Ficção Brasileira*, Brasília, Civilização Brasileira, 1978を活用した。

ブラジルの軍事政権期に関する書物は、日本でも歴史学や社会学の領域で出版されているが、文学分野での出版は少なく、本書の翻訳が文化や文学の領域での関心や研究の一助となれば幸いである。

長年指導を仰いでいる東京外国語大学の武田千香教授からは、その歴史と胎動する人間の生を描くブラジル文学の深みと豊かさをご教示いただいている。此度、本書翻訳の機会を与えて下さり、心より感謝の意を伝えたい。また、訳出について、貴重なご意見をいただいた宮入亮さん、ポルトガル語の意味や特徴を懇切丁寧に助言してくださった鈴木エレン江美さん、堀内アリッセイズミさん、ホザンジェラ岩瀬マルチンスさん、訳文のチェックや細かな校正をしてくださった水声社編集部の後藤亨真さんに御礼申し上げます。

二〇一八年一〇月

江口佳子

著者／訳者について――

ルーベン・フォンセッカ（Rubem Fonseca）　一九二五年、ブラジル南東部のミナス・ジェライス州に生まれる。作家。リオデジャネイロを舞台として、現代社会における都市の様相を描く。主な作品に、『囚人たち』（*Os prisioneiros*, 1963）、『犬の首輪』（*A coleira do cão*, 1965）、『モレウ事件』（*O caso Morel*, 1973）、『偉大な技』（*A grande arte*, 1982）、『八月』（*Agosto*, 1990）、『アマルガム』（*Amálgama*, 2014）等がある。本書『あけましておめでとう』（*Feliz ano novo*, 1975）は、軍事政権下の一九七六年に発禁処分を受けている。

江口佳子（えぐちよしこ）　一九六八年、千葉県に生まれる。東京外国語大学大学院地域文化研究科博士後期課程満期退学。文学修士。常葉大学外国語学部講師。ブラジル文学を専攻し、軍事政権下の女性文学を研究している。翻訳・解説に、リジア・ファグンジス・テーリス「サクソフォン吹きの青年」（『早稲田文学』二〇一六年春号）がある。

装幀——宗利淳一

あけましておめでとう

二〇一八年一一月二五日第一版第一刷印刷　二〇一八年一二月一〇日第一版第一刷発行

著者――フーベン・フォンセッカ
訳者――江口佳子
発行者――鈴木宏
発行所――株式会社水声社
東京都文京区小石川二―七―五　郵便番号一一二―〇〇〇二
電話〇三―三八一八―六〇四〇　FAX〇三―三八一八―二四三七
［編集部］横浜市港北区新吉田東一―七七―一七　郵便番号二二三―〇〇五八
電話〇四五―七一七―五三五六　FAX〇四五―七一七―五三五七
郵便振替〇〇一八〇―四―六五四一〇〇
URL : http://www.suiseisha.net

印刷・製本――精興社

ISBN978-4-8010-0295-1

ブラジル現代文学コレクション

エルドラードの孤児　ミウトン・ハトゥン　武田千香訳　二〇〇〇円
老練な船乗りたち　ジョルジ・アマード　高橋都彦訳　三〇〇〇円
家宝　ズウミーラ・ヒベイロ・タヴァーリス　武田千香訳　一八〇〇円
最初の物語　ジョアン・ギマランイス・ホーザ　高橋都彦訳　二二〇〇円
あけましておめでとう　フーベン・フォンセッカ　江口佳子訳　二五〇〇円
九夜　ベルナルド・カルヴァーリョ　宮入亮訳
ある在郷軍曹の半生　マヌエル・アントニオ・ジ・アルメイダ　高橋都彦訳
以下続刊

［価格税別］